함께 쓰는 사진일기

함께 쓰는 사진 일기

■ **참여 작가 |** 김동규(프론), 김민철(pastel6151), 김성동(이륜고양이),
김여주(서어나무), 김영필(공팔이), 김정희(돌고래),
김혜림(해피페이스), 민경량(안젤라짱),
민무기(장유), 박상철(흑영), 박월선(달선생), 박웅희(굿맨),
백진욱(카라반), 변성진(와픽), 신락선(sunshine), 송나(미소) ,
오경숙(하얀길), 오정미(토마토), 임동숙(그렇다면), 리진(leejin),
이영희(나무야), 이정희(사월). 이충근(Amigo), 장신(이연),
장정송(설레임), 정해경(작은천국), 조성수(Doulos),
최성원(낭만가호), 최혜숙(sadhana), 황영민(풀잎소리)

■ **엮은이 |** 임동숙

들어가며

어린 시절부터 자신이 사랑하는 가족들을 촬영해서 무려 116권의 앨범을 만들었던 프랑스의 부호 자끄-앙리 라르띠그가 세상에 알려지게 된 것은, 1964년 리차드 아베돈에 의해서 정리된 『세기의 일기(Daily of a Century)』가 출간된 후의 일이다. 사진일기 작가로 사진사에 거론된 첫 번째 작가 라르띠그는 자신이 좋아하는 것만을 촬영했다는 이유로 〈아마추어 사진가〉의 대표주자로 소개된다. 취미로 사진을 선택하는 사람들이 기하급수적으로 불어나는 시점에서 눈여겨볼 만한 사진사의 한 페이지다. 취미란 즐기는 것, 과연 사진을 어떻게 즐길 것인가? 이에 대한 하나의 대안으로 제시된 것이 사진일기 쓰기다. 그 뜻에 동참하는 이들이 AT studio라는 인터넷 카페 공간에 모여서 카메라로 일상에서 일어나는 사건이나 생각, 감정, 상태를 기록하고 들여다보기 시작한 지 만 3년여의 시간이 흘렀다. 그동안 축적된 사진일기는 자연의 경이로움, 사회문제, 인간관계, 상처, 성찰 등 다양한 이야기들이 있고, 형식면에서 보면 포토에세이가 주를 이루고 있지만, 단컷트 사진만으로 쓰여 진 일기, 시리즈, 시퀀스 등 사진으로 표현 할 수 있는 대부분의 표현형식이 사용되었다. 이 시점에서 사진일기의 특성을 정리해 볼 필요가 있다는 의견들이 나왔고, 그 결과 이 책이 세상에 선보이게 된 것이다.

책 편집이 마무리되어갈 즈음 오래 전에 썼던 일기가 문득 눈에 띄었다. 새로운 회원이 플라톤의 동굴에 대해서 쓴 사진일기를 보다가, AT studio의 정체성에 대해서 다시 한번 점검해보려고 답글로 썼던 일기다.

〈중략〉 저는 사람이라면 누구를 막론하고 예술가와 철학자가 될 권리와 의무가 있다고 생각합니다. 사람으로서의 자존감을 갖기 위해서는 규정되어진 삶의 틀에 머물지 않고, 스스로의 삶을 살아가려는 의지를 가져야 한다는 거지요. 해서 기회 있을 때마다 그런 의견을 펼쳐놓으면 대다수의 사람들은 '스스로의 삶을 살아가려는 의지를 갖는다는 것, 그럴 듯하지만 쉬운 일은 아니에요. 현실이 그렇게 호락호락하지는 않으니까요.' 라는 반응을 보였고 그럴 때마다 '그건 상황이 아니라 마음 상태에 달려있는게 아닐까요? 사진일기를 써보세요…….' 라고 답하면서 현실의 장벽을 핑계 삼아 자아성찰을 외면하는 사람들에게 '사진일기 쓰기'를 권유했습니다. 그러는 과정에서 사진일기를 나눌 수 있는 공동체를 꿈꾸었고 AT studio라는 집을 짓게 되었지요. AT studio는 사진일기를 통해서 자아성찰을 시도하고 타인들의 삶에 비친 자신의 모습을 바라보면서 건강한 삶을 꿈꾸는 사람들의 공간입니다. 저는 At studio 회원들이 스스로에게 예술가나 철학자의 자격을 부여하는 삶을 살아가길 소망하며, 저 또한 삶을 성찰하는 하나의 방법으로 사진일기를 쓰고 있답니다 …….”

2013년 6월 25일 일기 중에서

고백하자면, 그 당시 나는 함께 쓰는 사진일기의 방향성에 대해서 혼돈을 느끼고 있던 중이었다. 그러나 책을 준비하는 과정에서 내면의 성찰만을 중시 여겼던 나의 편견이 혼돈의 원인이었다는 것을 알게 되었다. 칠천여 개에 이르는 일기를 개인별 혹은 소재별로 분류하여 집중적으로 살피는 과정에서, 낱장의 일기에서는 느끼지 못했던 또 다른 향기를 느낄 수 있었던 것이다. 각각의 향기는 개인적인 삶의 흔적이지만 확대해석해보면 집단의식의 드러남이기도 했다.

나는 모래사장에서 사금을 채취하는 일꾼처럼 신이 나서 수천 개의 일기를 읽고 또 읽었다. 서로가 서로에게 영향을 주고받으며 생각과 감각이 확장되어가는 것을 발견했을 때의 감동을 어떻게 표현할 수 있을까. 채취된 사금가루가 뭉쳐지면 금덩어리가 되듯이 일기와 일기가 서로 맞물리며 21C를 살아가는 동시대인의 감각과 생각을 드러냈다. 이 일은 제 아무리 특별한 재능을 갖춘 작가라도 개인이 해낼 수는 없는 일, 함께 쓰는 사진일기가 중요한 이유이다.

일기를 살펴보는 내내 정년을 앞둔 회원님이 AT studio에서 활동하면서 처음으로 계절의 변화를 실감한다며 좋아하던 모습이라든가, AT studio 덕분에 공부를 많이 한다며 웃음 짓던 회원들의 환한 얼굴이 스쳐지나갔다. 슬럼프에 빠져있던 사람이 사진일기로 새로운 작업을 시도하는 모습을 바라보면서 기뻤던 내 마음도 되살아났다. 나는 회원들의 마음과 얼굴이 떠오를 때마다 소망했다. 각자 사진일기를 통해서 자신의 향기를 느끼고 일상에 묻혀있는 사금가루 같은 본인만의 특별한 아름다움을 발견할 수 있기를…….

임동숙(엮은이)

목차

* 첫 번째 일기

생명의 모습들…
하늘, 땅, 바다 그리고…

사람에게는 누구나 조나단의 꿈을 펼칠 권리가 있다

오랜만에 만난 친구와 긴 시간 이야기를 나누고 집으로 돌아오는 길에
지난 여행에서 찍었던 사진 이미지가 떠올랐다.
먹잇감을 찾아서 밀려오는 파도 앞에 서있던 한 마리 새…
사람 마음 속엔 누구나 자유를 향해서
하늘로 날아오를 수 있는 조나단의 날개가 있지 않은가.
난 친구가 땅을 향한 시선을 거두고
용기를 내어 하늘 향해 날개를 펼 수 있기를
잠시 기도했다.

_ 2013년 6월 2일 임동숙

나는 지금 꿈꾸고 있는가?

20살 시절에 읽은 책 '갈매기의 꿈'이 기억 난 건
아마도 아무 생각없이 살고 있는 지금의 나를 발견했기 때문일 것이다.
내 인생에 가장 중요한 것이 무엇인지 나는 다시 한 번 생각해 볼 일이다.
여담이지만 요즈음 갈매기의 꿈은 새우깡으로 영양을 잘 비축하는 것처럼 보일 때도 있는데
그런 갈매기를 사진에 잘 담는 것이 나의 꿈이라면 꿈이 될 것도 같다.

_ 2013년 7월 11일 이영희

바다가 보고 싶지만

바다가 보고 싶지만… 너무 멀다…

한강을 파인더로 쳐다보며 그저 바다이겠거니… 하고 생각합니다…

바다 내음은 아니지만… 바다 색도 아니지만…

_ 2012년 3월 2일 김혜림

바다에 서서

바다에 서보니…….

구름과 바다가 시합 하더이다…….

누가 더 빠르냐?

발에 먼저 와 닿는 건 바다!

가슴에 먼저 와 닿는 건 구름!

누가 더 빠른 것이냐?

_ 2012년 6월 16일 변성진

몽돌1

안개 속으로,

저 안개 속으로 걸어 들어가

흔적도 없이 사라져 버리고 싶은 어떤 날.

_ 2013년 10월 6일 김정희

함초

바닷물이 빠져나간 드넓은 땅 위의 작고 빨간 꽃들!

비록 하찮아 보여도, 존엄하지 않은 생명이라는 것은 없다.

우연과 필연이 어우러져, 자연이 만들어내는 생명의 모습들.

_ 2012년 12월 7일 김정희

저녁노을

아산만의 저녁노을이 정말 아름다웠습니다.

_ 2014년 11월 2일 황영민

잊지 않았어요

낭만가호님의 사진일기를 보면서

문득

떠오르는 풍경이 있어 올려봅니다.

머얼리~~멀리

그곳을 향하여

힘~껏 날아가 봅니다.

_ 2014년 8월 19일 장정송

생활속에서

아침에 쓰레기 버리러 나갔다가 모처럼 해가 쨍하고 하늘이 파란 물감을 칠해 놓은 듯 깨끗하여 마음이 상쾌하다. 카메라를 들고 나와 몇 컷 찍었다. 이제 설거지를 해야지… '넬라 판타지아'를 들으며 사진을 보고 일기에 올린다. '신이 내린 목소리' 사라 브라이트만의 아름다운 노래를 좋아했지만 요새는 서정적인 하이 테너 임형주에게 끌린다.

나는 환상속에서 모두들 평화롭고 정직하게 사는 세상을 봅니다
나는 떠도는 구름처럼 항상 자유로운 영혼을 꿈꾸고 있습니다

_ 2013년 1월 18일 이충근

단풍소리

가을 향기 가득한 아름다운 황매 산을 찾아 갑니다.

파란 하늘에 가을 향기를 내 뿜으며 빨간 단풍잎이 휘날립니다.

_ 2013년 10월 17일 민무기

집에 오는 길목에서

저녁장 보고 집으로 오는 길, 하늘에 비행기가 지나가며 하얀 선을 그어 놓았다.

나도 저 비행기 타고 어디론가 날아가고 싶다.

… 저녁은 누가 하지?

건물 창에 박힌 햇살, 작별인사를 나누는 가로등, 나 이제 가니까 네가 밤 근무 잘하고 있어.

내일 찾아올 때까지 안녕~

_ 2012년 11월 22일 오경숙

피정을 다녀와서

피정을 다녀왔다.

사람의 말이 아무리 훌륭하다 한들

자연의 웅변을 어찌 흉내라도 낼 수 있을까?

사진 찍는 행위는 자연의 소리에 주파수를 맞추는 행위,

파인더를 통해서 내 영혼은 자연의 소리에 화답하듯 찬미가를 부른다.

_ 2012년 7월 31일 임동숙

혼돈

_ 2014년 9월 9일 김민철

목자와 양떼

_ 2014년 9월 14일 김민철

물방울, 하늘-구름

내일 정월 초하루… 차례준비가 끝났다.
몇 십 년째 차리는 차례 제사상은 왜 이리도 늘 낯선지 모르겠다.
시집 오기 전 까지는 제사 지내는 것을 단 한번도 본 적이 없어서일까?
친정 아버지가 막내아들, 그 막내의 막내딸이었던 내가
이렇게 몇 십 년, 일 년에 4번씩 상차림을 할 줄은 꿈에도 몰랐다.

_ 2013년 2월 9일 김정희

그래, 가끔 하늘을 보자 !

맞아요! 가끔 하늘을 봐야 붉은 열정이 생기는 것을 알 수 있죠?

_ 2014년 8월 1일 박상철

꽃분홍으로 물들다

화사하게 꽃 피는 봄. 블로그 배경화면을 뭘로 바꿀까 고민하다가

일단은 벚꽃으로 바꾸었다. 실상은 꽃 분홍 진달래가 더 마음에 들었다는…

나 보기가 역겨워 가실 때는 사뿐히 즈려 밟고 가라던 김소월의 봄…

그 마음이 담긴 시리도록 아름다운 꽃 분홍… 봄… 봄이구나…

내 심장에도 수줍게 꽃 분홍 물이 들었다.

_ 2013년 4월 5일 정해경

바다의 낭만을 노래하다

_ 2014년 8월 31일 김민철

어느 공소를 찾아서

대도시 같이 웅장하고 화려하지 않지만
묵묵히 기도를 드리며
세월을 함께 하시는
연로하신 신자들의 아기자기한
얘기 보금자리를 만들어 가는
공소가 있기에
우리들의 마음이
아직도 훈훈할 수 있다고 봅니다.

_ 2014년 11월 10일 박상철

어머니

어머니~ 하고 소리쳐 부르면 어머니 모습이 눈 덮인 온 산에 가득하다.

_ 2013년 1월 20일 이충근

** 두 번째 일기

꽃이 피다
꽃이 지다
사랑이 흐르다
삶이 흐르다

변화 속의 길 찾기

과거에 대한 회한을 곱씹으면서 바라보기만 한다.

오래동안 바라보며 기도 한다.

이처럼 바라보기만 하는 시선이 이 사진을 보며 변화 속의 길을 찾아봅니다.

그때 가을에…

_ 2014년 1월 15일 조성수

첫사랑

첫 만남

첫 느낌

·
·
·
·

마치

첫사랑의 모습으로

다가섬조차

숨 죽이며…

_ 2014년 7월 29일 장신

시간의 자국

사진은

사라지는 시간과

사라져 가는 것들을 보라하네.

모든 시간은 흘러가는 죽음이며

오늘은 내일의 죽음이라하네

_ 2013년 6월 15일 리진

色界

부처님이 계신 수미산을 포함한 천당에도 欲界, 色界, 無色界가 있답니다. 아마도 이렇게 고운 꽃들은 색계에 있는 듯 합니다.

_ 2013년 7월 25일 최혜숙

파르르 파르르

엷은 바람에도 파르르 파르르 그 가벼운 떨림이 마음을 흔들고 지나간다.

심장속에 파르르한 떨림을 담았다.

_ 2013년 5월 5일 정해경

너를 기억한다

잔디가 아니면 잡초다.

그런 인간의 개념으로 인해 수많은 식물들이 뿌리 채 뽑히고 있다.

질서를 위한 규칙이 과연 정의라고 할 수 있는가.

잡초로 끝나게 하는 수많은 이유가 과연 정당한가.

_ 2013년 4월 15일 최성원

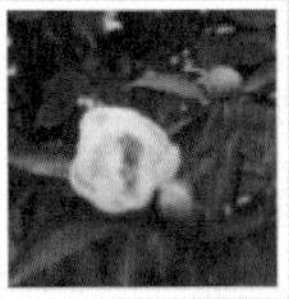

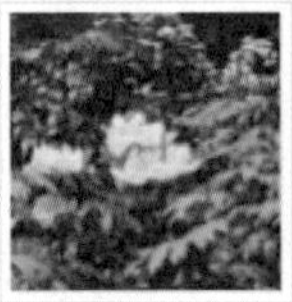

작약과 모란 꽃

5월을 더욱 행복하게 해 주던 꽃이 지고나면

또 한해를 어찌 기다리려나

커다란 꽃잎 만큼이나

뚝

뚝

헤어짐이 서운한 꽃입니다

_ 2012년 5월 27일 오정미

어느 봄날에

봄을 기다리고 있었는데 이미 와있었네요.

이쁜 꽃 가족이 옹기종기 모여 있어 살짝…

가입 후 처음 올려봅니다. ㅎㅎㅎ

_ 2014년 3월 28일 박웅희

길가에 핀 꽃

꽃마리, 꽃바지, 꽃다지, 점나도나물 들은 올해 비로소 이름을 알게 된 풀꽃들이지요.

올 봄은 그 꽃을 보면서 설레던 날들도 많았는데 이제 봄 잔치는 끝인가 봅니다.

그자리에는 엉겅퀴와 개망초가 자리를 하고 있었고 숲에는 꽃 향기와 풀 향기가 그윽합니다.

어느 덧 연일 무더운 날씨지만 봄의 여운인 듯

길가에는 제 몫으로 피었다 지는 정겨운 꽃들이 한창이네요.

_ 2013년 6월 4일 이영희

포도꽃이 피었다

열매가 있으니 꽃이 당연히 있을 터인데
포도 꽃을 처음 보았다
은행꽃처럼 화려하지 않은 초록 꽃이다
보잘것 없는 작은 초록 꽃이
달콤한 포도를 주다니
꽃이 화려하다고 열매도 단 것은 아닌가보다
잎에 감추어진 초록 꽃에서 겸손을 배운다
네 아내는 결실한 포도나무라
난 우리 집안의 결실한 포도나무인지 생각해 본다

_ 2014년 5월 20일 오정미

엄마 그리고 딸

블로그 개장(?) 후 기록적으로 오래 쉬었다. 몇 달을 개점휴업? ^^* 왜였을까? 왜 그리 오래 쉬었을까?

4월 16일 세월호 사건이 나던 날 팽목항 근처 무창포에서 집으로 돌아왔고, 벌써 두 달도 훨씬 지나 세 달에 가까운 7월 10일, 오늘! 11명이 실종된 채로 이제 진도 팽목항의 뉴스는 침잠(沈潛)이다.

6월에는 가족 7명이 함께 제주도를 다녀왔다. 영국에서 살고 있는 딸까지 날아와서 남편, 아들 내외, 딸, 손자, 손녀 모두 모여 내가 묻어둔 추억의 장소를 곳곳이 찾아 다니며, 제주도에 새로운 이야기들을 심고 왔다.

'딸'이라는 존재는 '내 안의 또 다른 나'

근 2년 만에 내 품으로 날아온 딸과 함께 월미도의 차이나타운에 가서 자장면도 사먹고, 총쏘기 놀이를 하여 인형도 2개나 타고, 뭇 사람들이 흔히 하듯, 갈매기에게 새우깡을 던져주며 사진놀이도 했다. 한밤에 동대문 밀리오레를 가서 날이 훤해질 때까지 돌아다니며 옷 구경, 신발 구경도 실컷 하고, 비록 길 건너편에서였지만 새벽 5시가 넘어, 이제는 동대문의 명물이 된 DDP건물도 눈으로나마 호사. 쉴 새 없이 재잘거리는 다 큰 딸과 함께 보내던 시간시간들! 그렇게 시끌시끌하던 집. 어느 날 귀가 조용해져 버렸다. 영국으로 돌아가기 위해 딸이 싸 놓은 짐 가방을 보고는, 당연히 알고 있었던 이별임에도 시간이 멈춘 것 같이 허탈해져 버렸다. 말 그대로 공허(空虛)!

딸은 예정일에서 겨우 이틀을 늦추어 떠나갔고 그 마음 그대로가 병이 되어, 너무 일찍 찾아온 무더위 속에서 몸살을 심하게 앓으며 오래, 오래 방구석에 처박혀? 지냈다.

아버지 제사에도 못 가고 누웠다가, 너무 오래간만에 자리를 털고 일어나 보려던 사흘 전, 갑작스런 몸놀림에서 였으려나? 갈비뼈 쪽으로 아주 심하게 담이 들어버렸다.

ㅜㅜ 재차 드러누워 꼼짝을 못하다가, 어제서야 병원에 가 갈비뼈와 발목사진을 찍고 금이 가지는 않았으나 조심히 움직이라는 말을 얻어듣고는, 아예 링거까지 한 대 맞고 돌아왔다.

'딸'은 내게 갈비뼈와 심장에 가까운 존재인 것이 분명한 듯싶다. 아담의 갈비뼈 한대로 이브가 만들어졌던가?

나와 그렇게 가까이 있어야 할 존재가 멀고도 먼 영국이라는 땅에 살고 있으니, 품속에 돌아왔다가는 다시 내 곁을 떠날 때마다 심한 몸살을 앓는 것이리라.

어찌어찌 그리그리하여 블로그의 '개점휴업'시간이 길어지고 말았다.

병원에 가서 몇 시간을 지내는 동안 한바탕 소나기가 쏟아졌다. 돌아오던 길, 비 맞은 여름 꽃들이 아파트 화단에 선명하게 피어 오른 것을 보고 오래도록 넣어두었던 카메라를 가지고 다시 정원으로 나갔다.

나 어렸을 적, 집 화단에 있었던 바로 그 꽃들! 외할머니와 엄마생각이 절로 났다. 그리고 나, 그리고 나의 딸! 친숙하기만 한 이 꽃 이름들도 몇 대를 이어가며 추억으로 기억될 터이다.

봉숭아, 백일홍, 채송화, 맨드라미, 장미… 그리고 벌써 핀 코스모스까지. 굽혔던 허리 들어 하늘을 보니, 은행나무에 은행이 청포도처럼 주렁주렁 매달렸다. 요즈음엔 계절이 수상해도 하 수상하지 않은가!

언제 어디서나 보고 싶고 그리운… 사랑하는 내 딸!
첫째도, 둘째도, 셋째도 그저 건강, 또 건강 하기만 하거라~

_ 2014년 7월 14일 김정희

꽃이 지기로서니

아마폴라 꽃이 지는 여름 초입.

파리 루브르 박물관에서 본 모네의 아마폴라는 은근한 유혹이었다.

스페인 산티아고의 들판에 가득 핀 아마폴라는 환상같은 그리움이었다.

아마폴라가 바람에 흔들릴 때마다

붉은 색이 그대로 하늘에 뿌려질 것 같은 처연함은 도저히 어쩌지 못했다.

꽃이 지기로서니 바람을 탓하겠느냐마는

꽃이 진다고 어찌 '꽃이' 아니겠는가?

피고 지는 것이 자연의 섭리인 것을…

꽃이 지는 아침은 울고 싶던 계절을 지나

꽃이 지는 아침도 어여쁘다.

꽃이 지기로서니 어찌 '꽃'이 아니겠는가?

다른 세상에서 만난 다른 삶의 모습에서 그만큼의 나이테를 키운다.

_ 2014년 6월 11일 정해경

흐드러지는 꽃들

흐드러지다.

_ 2014년 7월 2일 김영필

동백바람꽃

일이 일을 부르고 있는 요즘 제주 선흘리 곶자왈 동백 바람꽃에 하염없이 취했던 어느 날, 그 누구도 아닌 내 자신에게 허락했던 기다림의 시간, 일상에서 동백 바람꽃이 불어온다.

_ 2013년 2월 3일 정해경

바람이 분다 당신이 좋다

바람이 분다.

설레임 가득한 완연한 봄빛이다.

봄바람의 유혹에 몸과 마음을 맡긴다.

_ 2013년 5월 5일 리진

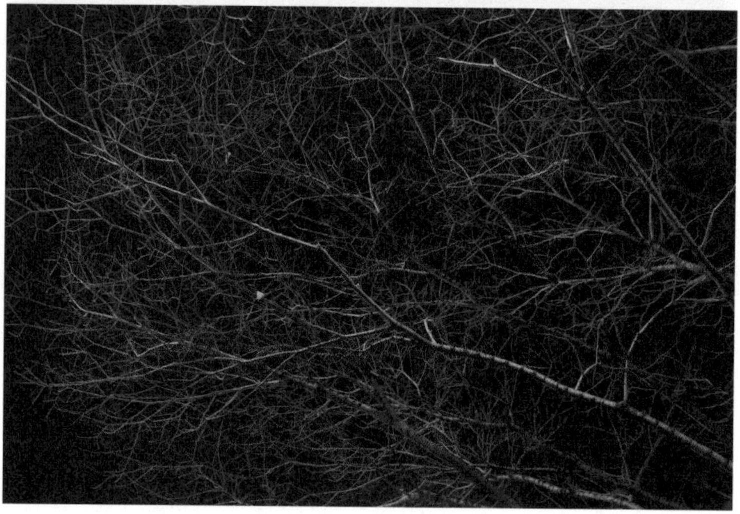

나무

퇴근길에 나무를 보니 어느새 낙엽이 다 떨어지고 앙상한 가지만 남았는데, 자세히 보니 가지만 있어도 풍성하고 그 모습이 뿌리를 보는 듯 하기도 하고 번개가 치는 듯 힘이 넘치기도 하여 계속 바라보게 됩니다.

_ 2012년 11월 23일 김성동

계절을 이기는 온기

신기하게도 모든 잎을 다 떨구고도 서로 얽혀 있는 가지만이 잎을 떨구지 않는 것을 보니 손이 맞닿으면 온기가 느껴지듯 나무들도 서로 맞닿아 추위를 버티며 가을의 끝자락을 붙잡는 것 같습니다. 가을이 가기 전 마지막 단풍을 보여주기 위해 힘들게 기다린 것 같아 사진으로 담아 오래 기억하고 싶습니다.

_ 2012년 11월 26일 김성동

시들어가는 해바라기

영글기 전에 타서 말라버린 해바라기

아직도 희망할 수 있기를 바래보는 세월호의 모습을 닮아있다.

_ 2014년 7월 28일 민경량

나도 울컥~

퇴근하는 길이다. 소나기 지나가고 맑은 공기며 풀내음이 좋아 한 정거장 더 돌아가 버스를 탄다.
그런데 인도 위에 웬 노란 잎? 느티나무 이파리 같으나 오동나무 잎으로 보면 또 어떠랴.
아버지 목소리가 들린다. 소년은 늙기 쉬어도 학문을 완성하기는 어렵다.
순간의 시간을 결코 가벼이 여기지 말라. 연못가의 봄풀은 아직 꿈에서 깨지도 못했는데
계단 앞의 오동나무는 벌써 가을소리를 내는구나.
어릴 때 통지표 갖다 드리면 무릎 꿇고 듣던 주자의 '권학문'이다.
미각지당에 춘초몽(未覺池塘春草夢)인데 계전오엽은 이추성(階前梧葉已秋聲)이라.
이 대목에서 울컥하고 눈물이 난다. 아버지, 불초한 이 자식은 이룬 것도 없이 인생이 가을입니다.
새겨듣지 않은 것은 아니지만 돌이킬 수 없는 인생을 아무 생각 없이 살고 있습니다.
아버지. 저 좀 때려주세요. 종아리 걷고 회초리 맞던 시절이 차라리 그립습니다. 보고 싶은 아버지!

_ 2014년 6월 23일 이충근

어느 나팔꽃 이야기

넝쿨은 더 이상 꽃에 머무르지 않는다

그 다음으로 움켜쥐는 손짓을 내젓는다

꽃과의 인연은 여기까지이다. 꽃은 분명 새 생명을 잉태하였을 것이다

잠시라도 피워낸 그 시간에

씨방은 부지런히 색과 향을 뿜었겠다

지금 꽃은

삼십 배 육십 배 백배의 꿈을 꾸고 있으리라

어려운 가운데 잠시라도 꽃피웠음에 감사하며

이제는 떠나가는 넝쿨도 용서하며 꿈꾸고 있겠다

하늘의 심포니를 듣는다

_ 2014년 8월 29일 오정미

경계넘어

영차 영차 나를 제약하는 모든 것을 넘어서서 저 푸른 가을 하늘을 마음껏 바라볼 거야

_ 2014년 9월 17일 신락선

베란다에서 만난 풍경

아침에 눈을 뜨면 제일 먼저 만나는
창밖의 나무에서 오늘 문득
하나의 표정을 보았다.
몇 년 동안 보이지 않던 표정인데
느닷없이 짠하고 나타나다니,
놀라움으로 묻는다.
넌 누구니?
저 향나무의 표정일까?
내 안의 기운이
향나무에 비쳐서 드러난 것일까?
생각해보면 그 또한 하나이건만 기어이 구분하고 있는
마음을 보니 공부는 아직도 멀었다.

_ 2013년 8월 13일 임동숙

꽃과 그림자

나는 꽃을 찍었는데…

_ 2014년 3월 30일 오정미

꽃과 나비의 미모대결

산에 가려고 준비한 것은 카메라, 물, 토마토, 김밥 한줄 뿐이었다.

달라도 너무나 달라진 산행 준비이다.

짧은 산행이었지만

도봉산에 있는 절집 꽃밭에서 한가로운 시간을 보냈다.

_ 2012년 9월 2일 이영희

물먹는 나비

오솔길로 가는 징검다리에 먼저 와있는
나비가 무더위에 갈증난 듯.

물먹기 삼매경에 빠진 나비와

나비가 물먹고 쉴 수 있도록 발길을
멈추어선 나그네.

호랑나비 흰나비….
이 나비 이름은 뭐지 ?
그나저나 나비도 한여름 무더위에 목 마르면
물가를 찾는 것이 사실이려나?
아리송하지만
땡볕에 나비와 즐거운 한바탕이다.

_ 2013년 7월 24일 이영희

세상 첫 구경

아파트 베란다 밑에 세상 첫 구경 나온 애기 고양이를 몰래 촬영하느라

고배율로 당겨보니 화상이 선명하진 않아도

애기 고양이가 귀엽습니다.

가족들이랑 잘 자랐으면 좋겠습니다.

_ 2013년 6월 1일 박상철

감시

지켜보고 있다…

무엇인지 모를 부담감이 저를 엄습합니다.

사진은 잘 찍고있나, 학교 생활은 열심히 하나.

꼭 생전의 어머니가 뒤에 서 계실 것 같다고 하면

조금 무서우려나…

_ 2012년 5월 1일 김성동

기다림

모처럼 직장인의 여름휴가 일정에 따라 동해안으로 떠나는 날,

태풍 소식을 들은듯 안들은듯 길을 떠납니다.

가족을 따라가는 입장이라 따라가기도 약간 불안 합니다.

하루는 그런대로 잘 넘어 갔지만 8월 2일은 밤부터 비바람에 파도가 높아지자

텐트 친 가족들은 철거하고 떠납니다.

우리들은 캠핑카를 이용했으니 다행이였지요.

_ 2014년 8월 4일 민무기

the Winter is coming

겨울이 온다.

깃을 부풀리고,

몸은 잔뜩 움츠리고,

따스한 햇살을 받으며 있다.

…

재미난 것은 동물 〈사람과 짐승〉이 비슷한 패턴을 보인다는 것이다.

사람은 그저 조금 더 복잡다양하게 데이터를 처리할 수 있을 뿐…

사진에는 나오지 않았지만, 무리와 조금 떨어져서

응달에서 웅크리고 있는 비둘기 두어 마리.

_ 2013년 11월 11일 최성원

조화에 앞서

사람들이 만들어 놓은 규칙은 과연 규칙이라 할 수 있는 것인가.

나를 가두는 감옥이 되는 것이라면,

문은 하나쯤 달아주는 것이 좋으리라.

저 생명과 비교하고 싶은가?

_ 2013년 4월 15일 최성원

낮잠

어둠이 내리지 않는 곳에서 끝나지 않을 꿈. 꾸고 싶다.

_ 2012년 2월 7일 송나

10월25일

우리 사는 풍경

정다운 풍경
먹먹한 풍경
팍팍한 풍경
따뜻한 풍경
그리운 풍경
행복한 풍경
텅~빈 풍경

·
·
·

그리운 이에게

_ 2013년 7월 11일 정해경

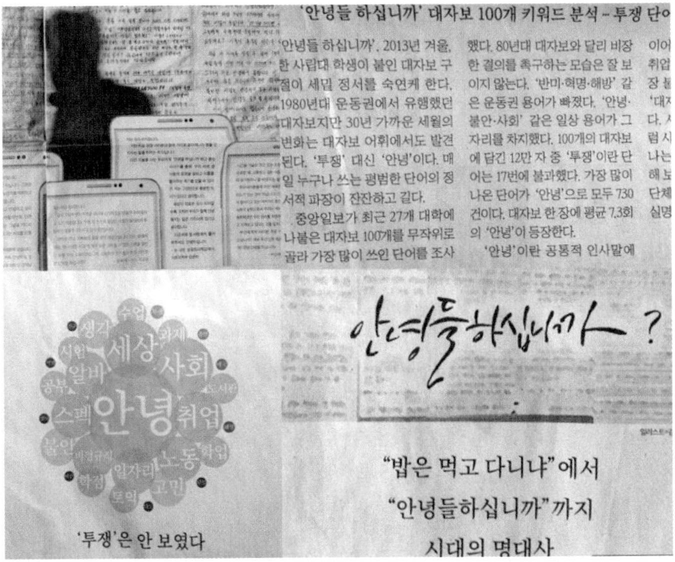
'안녕들 하십니까' 대자보 100개 키워드 분석 – 투쟁 단어

'안녕들 하십니까', 2013년 겨울, 한 사립대 학생이 붙인 대자보 구절이 세밑 정서를 숙연케 한다. 1980년대 운동권에서 유행했던 대자보지만 30년 가까운 세월의 변화는 대자보 어휘에서도 발견된다. '투쟁' 대신 '안녕'이다. 매일 누구나 쓰는 평범한 단어의 정서적 파장이 잔잔하고 길다.

중앙일보가 최근 27개 대학에 나붙은 대자보 100개를 무작위로 골라 가장 많이 쓰인 단어를 조사했다. 80년대 대자보와 달리 비장한 결의를 촉구하는 모습은 잘 보이지 않는다. '반미·혁명·해방' 같은 운동권 용어가 빠졌다. '안녕·불안·사회' 같은 일상 용어가 그 자리를 차지했다. 100개의 대자보에 담긴 12만 자 중 '투쟁'이란 단어는 17번에 불과했다. 가장 많이 나온 단어가 '안녕'으로 모두 730건이다. 대자보 한 장에 평균 7.3회의 '안녕'이 등장한다.

'안녕'이란 공통적 인사말에

〈안녕들하십니까?〉 2013년 12월 21일 중앙일보에서

아미고님이 올리신 〈안녕들 하십니까?〉 일기를 본 그날 이후 〈안녕〉이란 단어가 화두처럼 머리 속에서 떠나지를 않는다.

전국을 휩쓸고 있는 〈안녕들 하십니까?〉의 대자보 내용들을 만날 때마다 나에게 질문한다.

과연 난 안녕한가? 안녕하다면 무엇으로부터, 안녕하지 못하다면 무엇때문에….

중앙일보 기자는 대자보의 대명사처럼 쓰여졌던 투쟁이라는 단어가 일상 언어로 바꾸기 시작하면서 〈안녕들 하십니까?〉가 시대의 대명사로 자리매김하기 시작한 것 같다는 분석을 했다.

내 단어사전에 새롭게 첨부된 〈안녕〉이라는 단어, 2013년 12월 21일 임동숙의 단어사전에 〈안녕〉은 이렇게 쓰여졌다. –세상과 나를 연결하는 탯줄같은 단어– 그동안 난 눈에 보이지 않는 탯줄에 너무 무관심하지는 않았었나? 오늘 나의 안녕을 체크하며 무심하게 흘려보낸 시간을 뒤돌아본다.

부끄럽다.

_ 2013년 12월 21일 임동숙

서울지

안녕들하십니까?

한파에 한강도 얼었다는 28일 토요일.

시청 주변에서는 철도노조 연대 파업중이더군요.

22일간 파업? 수서발 KTX 법인 면허 발급?

국회에 철도발전 소위원회?

모두들 안녕하지 못합니다.

_ 2013년 12월 30일 이영희

세모(歲暮)에 서서

한 해가 저무는 세모(歲暮)에 서서 시대를 아파하지만 헤쳐갈 수는 없는…. 무력함 때문에 마음이 무겁습니다. 밀려오는 회한이야 익숙한 것이라치고 막막한 현실이 눈에서 떠나질 않네요. 상처와 실패 속에서 새 날, 새 희망은 과연 언제 어디서 올까요…. 목이 마릅니다.

_ 2013년 12월 28일 이충근

소통

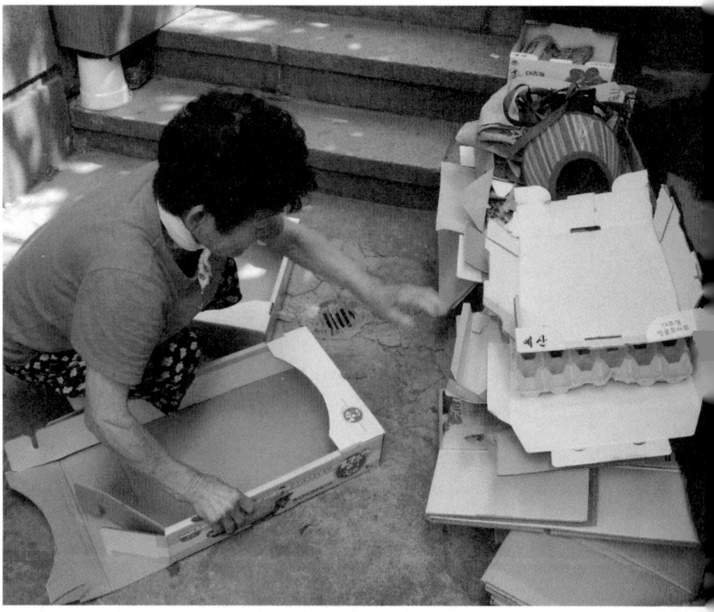

삶이란?? 희망이다!!!

39세에 남편 잃고 4남매 키우느라 할머니는 독하게 사셨다고 합니다.
바지런한 성품 때문인지 일거리 없는 것도 못견뎌 지금은 파지를 줍습니다.
1킬로에 700원, 파지를 리어카에 가득 싣고 고물상까지 가면 3000원 정도를 받습니다.
고물상 가는 길, 뒤에서 빵빵 거리는 소리 듣고 비켜주려다가 본인 리어카에 다쳐서 병원치료도 받았었지요. 그렇게 한 푼 두 푼 모은 돈 곱게 접어 두었다가 손자와 손녀에게 용돈으로 줍니다. 자식 키울 적 딸이 먹고 싶다는 라면을 사주지 못하여서…
아이들 용돈 주지 못한 것이 마음에 남아서…
공부를 많이 시키지도 못하여서…
할머니는 자식에게 하지 못한 것을 손자 손녀에게 대신 하고있는 거라고 말씀하셨습니다.
요구르트 한 개를 저에게 대접하시고 파지를 정리하시는 손이 바빠집니다.
…… 바람이 불어서 좋은 날입니다.

_ 2012년 6월 20일 이영희

재개발

_ 2014년 10월 20일 민경량

출근길 ~ 내~ 마음

언제부턴가~맑은 하늘을 구경할 수가 없다. 아침 출근길~뿌우연 안개 속~~ 한 치 앞을 가늠할 수 없는~ 잡힐 듯 잡힐 듯~잡히지 않는 미궁 속 방향. 요 근래 내~마음과 같다는 생각으로 한 컷. 서어나무님의 희망 섞인 기운 앞에 답글 올려 봅니다.

_ 2014년 3월 27일 장정송

추억어린 풍경… 달동네 골목

재개발 이야기만 무성한 어느 산동네 골목. 이 골목 안에 다닥다닥 붙어있는 집들은 겨울이 오기 전 여기저기서 연탄을 후원받는다. 집 안이 좁아서 담장 아래 차곡차곡 쌓아 비닐 덮고 아껴가며 겨울을 보냈을 누군가의 연탄. 저 댁은 겨울 끝자락까지 연탄이 남아서 다행이다(물론 더 들여 놓은 연탄일수도 있겠지만). 그리고 오늘은 골목길에 덮여있던 눈과 빙판도 다 녹았으니 그건 더 다행한 일이다. 이 골목 미끄러운 빙판길에 넘어질까 무서워서 겨우내 집 밖에도 나오지 못했다는 김 할머니에게 제일 먼저 봄이 찾아오면 좋겠다. 추억 속에 있는 달동네 하꼬방과 연탄.

_ 2013년 2월 20일 이영희

Resting2

_ 2014년 3월 19일 조성수

세대별 초상

신세대 처자는 스마트폰으로 시공간을 잊고

장년은 심야 전철역 미니스커트의 처자를 이해 못하며

노년은 내리닫는 세월을 힘들게 버텨낸다.

_ 2014년 11월 6일 신락선

직장인의 휴식(Break time of salary men)

_ 2014년 5월 22일 김민철

그 속에 나는 없었다

저 많은 사람들 속에 있지만 혼자 뚝 떨어졌다. 같은 세상에 있지만 다른 세상에 또아리를 틀고 그들을 바라본다. 보이는 것을 담느라 사람들은 분주하다. 요즘 대세라고 하는 셀카봉을 들고 사람들은 환한 미소로 사진을 찍는다. 저 사람들의 카메라에 담긴 풍경보다 저 사람들이 남기고 있을 시간의 흔적이 더 궁금해지는 순간이다. 같은 공간에 있되 같이 있지 않아도 충분한 자유! 조금씩 익숙해지고 있다.

_ 2014년 10월 7일 정해경

나 혼자 사진 놀이 즐기는 법

이젠 사라져가는 고가도로 위에서 점프도 해보고 8일날 걷기 행사에도 참여해보고, 9일 아침 일찍 눈 덮힌 고가도로를 촬영하면서… 사진은 이러한 기록을 남기는 맛에 하는 것.

_ 2014년 2월 9일 박상철

오! 한강

_ 2013년 11월 18일 김동규

동네 한바퀴

한 열흘 만에 대문 밖을 나섰나보다. 그 동안 눈이 제법 여러차례 왔다. 진눈깨비, 싸라기눈, 함박눈! 행선지가 병원이었지만 다행스러운 결과를 듣고 집으로 돌아와, 가벼워진 마음으로 아파트 한바퀴를 돌았다. 창 밖으로만 내다보았던 흰 눈을 손으로 만져보고, 냄새도 맡고, 발로 밟아도 보았다. 우리 아파트에는 까치 두 마리가 살고 있다. 가만히 앉아 한동안 까치를 지켜보다가, 얼어붙은 땅 속의 작은 생명들을 생각하게 되었다. 한 마리가 그 차가운 곳에 앉아, 연신 거꾸로 몸을 처박는다. 눈을 파헤쳐가며 잔디밭 땅 속의 무엇을 찾는걸까? 씨앗? 궁금궁금궁금…. 아~~~바야흐로 겨울이다! 겨울여행을 떠나고파 몸이 근질거리는 것만 같다

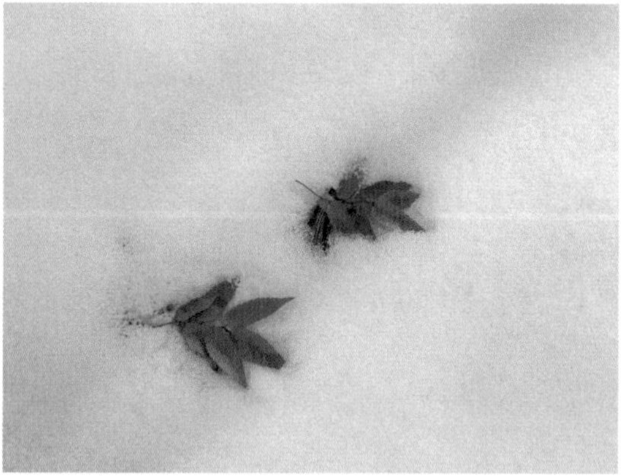

얘가 암놈? 배가 왜 동그랗지? 연신 방아타령을 하며 눈을 파헤치고 있다. 물어보고 싶네~

"얘, 도대체 무얼 찾고 있니?"

얘가 숫놈? (암놈이 곰국 한들통 끓여놓고 어디론가 홀로 떠나는 것은 아닐테지?)

누군가의 발자욱이 얼음되어 흔적을 남겼다. 누군가는 썩은 사과로 볼링?을 했나보다.
가만~히 주변을 둘러보면, 언제나 이렇게 재미있는 세상이 눈앞에 펼쳐진다.

_ 2013년 1월 8일 김정희

윷 나와라

과연 무엇이 나왔을까….

_ 2014년 7월 18일 백진욱

하늘 축구장

엄마는 골키퍼,

아이스박스는 골대

미래의 박지성과 지소연 화이팅!!!

_ 2014년 7월 18일 박웅희

빨간 추억

가정 형편이 어려워 학교를 포기하고 도시로 돈을 벌기 위해 고향을 떠난 단발머리 소녀.
그 소녀에게 매 주 한 통씩의 편지를 보낸 까까머리 소년. 보고 싶어 주소 한 장 가지고 소녀를 찾아 나선 소년. 복잡한 도시의 골목길에서 소녀의 거처를 찾아 헤매던 중 만난 우체부 아저씨.
주소를 내밀자 "네 녀석이 매 주 나를 이 비탈길을 오르내리게 고생시킨 장본인이구나!"

_ 2014년 8월 21일 신락선

이 아이!

한 달… 25살 아들에게 자신을 돌아보라며 아버지가 준 한 달의 시간이 끝난 그제.

아버지와 아들의 1차 대담 결렬. 다음날 2차 회담 결렬. 서로 '말이 안 통한다'고 하니. 허참.

둘 사이에 태평양이라도 있어서 목소리가 안들리나 쓰는 말이 달라서 못 알아 듣는 건가.

그저. 걷고 자전거 타고 한 달 간 여정이 들어있는 아들의 휴대폰 속 사진을 들여다본다.

_ 2013년 10월 23일 이영희

집, 소중한 기억의 편린

꼬맹이가 밤사이 그린 지도와

햇빛과 바람에 마르는 앞마당 빨래는,

소박하지만 밤하늘 별처럼 빛나는 기억의 한 조각이다.

_ 2012년 9월 5일 이영희

추억의 과꽃

장독대 주변을 풍성하게 둘러싼 과꽃을 봅니다.

어린날 계란처럼 생긴 망초꽃과 어린 새싹의 모습이 비슷하게 생겨

들에 있는 망초를 집 화단에 잔뜩 캐다 심었는데,

쓸모없는 잡초를 갖다 심었다고 엄마한테 혼났었죠.

그때 부르던 노래도 기억이 납니다.

올해도 과꽃이 피었습니다.

꽃밭 가득 예쁘게 피었습니다.

누나는 과꽃을 좋아했지요.

꽃이 피면 꽃밭에서 아주 살았죠.

_ 2014년 8월 31일 민경량

낙엽을 태우며

예배당에서 김장을 했다.
고무장갑에 장화를 신고 열심히 정성스럽게
김장담그기를 하시던 분들이
잠시 몸을 녹이려 낙엽불에 모이셨다.
예배당 옆 커다란 느티나무가 떨구어 낸 낙엽을 모아두었는데
여기다 불을 지핀 것이다.
낙엽 타는 냄새와 양념과 환한 미소가 잘 버무려져
올 김장김치는 여느 해보다 맛있겠다.

_ 2014년 11월 4일 신락선

고추

_ 2012년 9월 2일 오경숙

겨울 이야기

16비트의 신나는 음악은 칙칙 폭폭,

연통을 타고 날리는 장작의 하얀 연기가 바람을 타고 눕는다

달콤하고 구수한 향기는 무료,

도시의 겨울밤을 가르며 군고구마 기차가 달린다

_ 2014년 1월 3일 오정미

해마다 이맘때면

첫 아이를 임신했을 때 베란다에서 솔솔 들어오는 마늘 냄새가 세상에서 가장 싫었었는데…

올해도 어김없이 내 방으로 스며드는 마늘냄새를 이제는 아, 또 벌써 때가 됐구나 하고 넘겨본다…

결혼 전에는 경험하지 못했던 풍경이 이제는 익숙해졌고…

아직까지 이렇게 해 주실 수 있는 건강하신 시부모님이 계시니 감사하긴 하지만 이제 조금 당신들 몸도 좀 챙기셨으면 하는 바램이다…

_ 2012년 7월 10일 김혜림

김장을 담다

어머니랑 둘이서 김장을 했다

속을 더 넣어라 빼라

실랑이를 해 가며…

이런 시절이 추억으로 묻혀간다

_ 2012년 12월 16일 오정미

옛~추억(다슬기 잡기)

옛날에는 다슬기 알맹이를 꺼내기 위해서는

탱자나무 가시를 이용했는데 ~ 가족들끼리 둘러앉아 이쑤시개를 이용하여

다슬기 알맹이를 골라내는 재미가 쏠~쏠 하네요^^.

씁쓰름한 국물 맛도 끝내주네요. 보약 마시듯이 마셨답니다.

추석 연휴에 친정언니가 친척에게 선물 받은 다슬기를 가져왔네요.

이 모든 게 손으로 잡고, 손으로 꺼내고

아이들이 어렸을 적 여름휴가 땐

어슬렁어슬렁 해가 져 갈 무렵이면

계곡에서 다슬기를 잡아 다음 날 아침 국을 끓여먹곤 했는데,

내년 여름엔 꼭 다슬기를 잡으러 가야겠네요.

_ 2013년 10월2일 장정송

비오는 휴일

주중 휴일이라고
며칠 전부터 놀러나갈 궁리를 합니다.
그런데 오늘은 종일 비가 오네요.

비가 오는 날 나갈 데도 없고하여
새우튀김을 했는데,
이를 본 주당이 막걸리를 사오고…
내친 김에 파전도 하게되고…
비오는 날 다들 안녕하신지 여기저기
안부전화 올리고…

이렇게 하루가 저물어갑니다.^^

_ 2012년 8월 15일 이영희

요리하는 남자

아버지는 중학교 시절부터 집을 나와 혼자 생활하셨습니다.
유난히 엄한 어머니였던 할머니께서는 아버지를 타지에 내보내기 전에
세탁이며 다림질이며 김치 담그는 법까지 모두 가르쳐서 내보내셨다고 합니다.
그렇게 아버지는 중학교 시절부터 결혼하실 때까지 직접 음식을 해오셨다고 합니다.
어머니가 계시던 시절에는 어머니 음식이 세상에서 가장 맛있다고 생각했는데,
그런 어머니도 처음 결혼해서는 음식을 못한다고 아버지께 많이 혼나셨다고 합니다.
지금은 어머니가 안 계셔서 항상 어머니 음식이 그립지만
아버지의 요리가 있어 그리움을 덜 수 있는 것 같습니다.
아버지는 오래오래 건강하셨으면 좋겠습니다.

요리가 익어가는 동안 TV를 보는 여유를 보여주시는 아버지,
고양이는 맛있는 음식냄새에 부엌에서 눈을 떼지 못합니다. ㅎㅎ

_ 2012년 7월 6일 김성동

B-612

『"어른들은 숫자를 좋아하기 때문이다. 여러분은 어른들에게 새 친구에 대해 말할 때 그 어른들이 본질적인 것에 대해 물어보는 것을 봤는가? "그 애 목소리는 어떠니? 그 앤 어떤 놀이를 좋아하니? 나비를 모으지는 않니?" 따위의 말을 하는 법이란 결코 없다. 그대신 "그 앤 몇살이니? 형제가 몇이고? 몸무게는? 아버지 수입은 얼마니?" 따위만 묻는다… 어른들에게 "장미빛 벽돌로 지은 예쁜 집을 봤어요. 창에는 제라늄이 있고 지붕에는 비둘기가 있고요?"라고 말해서는 어른들은 그 집이 어떤 집인지 생각해내지 못한다. 그들에게는 "십만 프랑짜리 집을 봤어요."라고 말해야 한다. … 어른들은 그 모양이다."('어린 왕자'에서)』

어른이 된 우리는 사람을 사귈 때 조건을 많이 따진다. 이기적이거나 그가 나에게 얼마나 도움이 될까를 계산한다. 사람을 수단으로 보기 일쑤다. 취미가 같은지 생각이 통하는지… 이런 것이 더 중요한 거 아닐까. 뭐 하나 꾸준하게 하지 못하는 내가 AT studio에 있는 이유 중의 하나다.

_ 2013년 6월 1일 이충근

즐거운 나의 집

Home Sweet Home··· 중학교 들어가서 제일 먼저 배운 노래다. 사춘기이래 나에게 집이란 늘 떠나고 싶었고, 동시에 사무치게 돌아가고 싶었던 곳이다. 집을 떠올리면 먼저 어머니가 생각나고 내가 받은 사랑과 못다한 자식의 도리를 생각하면 꼭 5월이 아니라도 가슴 한 켠이 아프다. 나는 살가운 아버지가 되고 싶었다. 장성하여 가정을 이루고 남매를 낳아 기를 때, 퇴근하면 먼저 아빠 양말 벗겨드린다고 서로 달려들던 그 때가 지금도 눈에 선하고 저절로 미소가 떠오른다. 함께 먹는 입. 식구들을 생각하면 마음이 평안하다. 그래 잘 자라줘서 고맙고 키우느라 고생한 당신에게도 감사하오.

_ 2013년 5월 5일 이충근

**** 네 번째 일기

사물이 말을 걸어온다
함께 꿈을 꾼다

조용한 일(詩 김사인)

이도 저도 아닌 마땅치 않은 저녁
철 이른 낙엽하나 슬며시 곁에 내린다
그냥 있어 볼 길 밖에 없는 내 곁에
저도 말없이 그냥 앉는다.
고맙다
실은 이런 것이 고마운 일이다

_ 2013년 11월 14일 최혜숙

흔적

아직 마르지 않았을 때

누군가 급했었는가 보다

오랫동안 남을 흔적을 남겼다

_ 2012년 11월 4일 오정미

이화동

_ 2014년 7월 21일 최혜숙

오늘 아침

_ 2014년 9월 27일 최혜숙

모든 사연은…

운명과 우연 사이에 비밀이 있고,

세상의 모든 사연은 틈 사이에 있다.

_ 2013년 6월 3일 리진

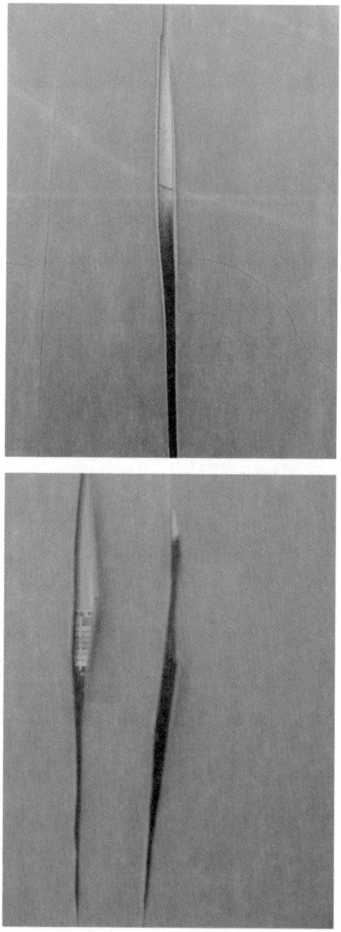

놀이

마늘장아찌를 담고 남은 마늘을 간식으로 쪄 먹고 나니 마늘 꽃이 피었습니다.

_ 2013년 5월 22일 리진

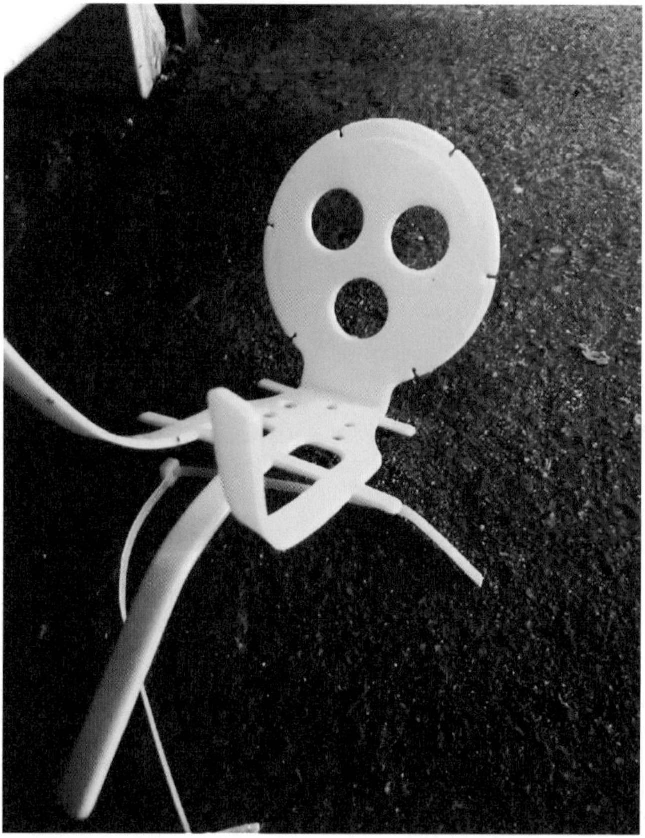

외계인

안녕

_ 2013년 6월 14일 변성진

????

서로의 존재를 인식하는 순간, 그도 나도 놀라 입이 벌어지며 소리를 질렀다.

앗, 도대체 넌 누구냐?

앗! 누구냐.

넌?

_ 2013년 7월 3일 백진욱

무용지물

이 더운 날씨에(실외 온도 30°C 였음) 에어컨은 있으나 마나…
--;;;

_ 2014년 5월 31일 김민철

하루의 시작

오늘 하루도 한 잔을 비우며,

_ 2014년 5월 23일 김민철

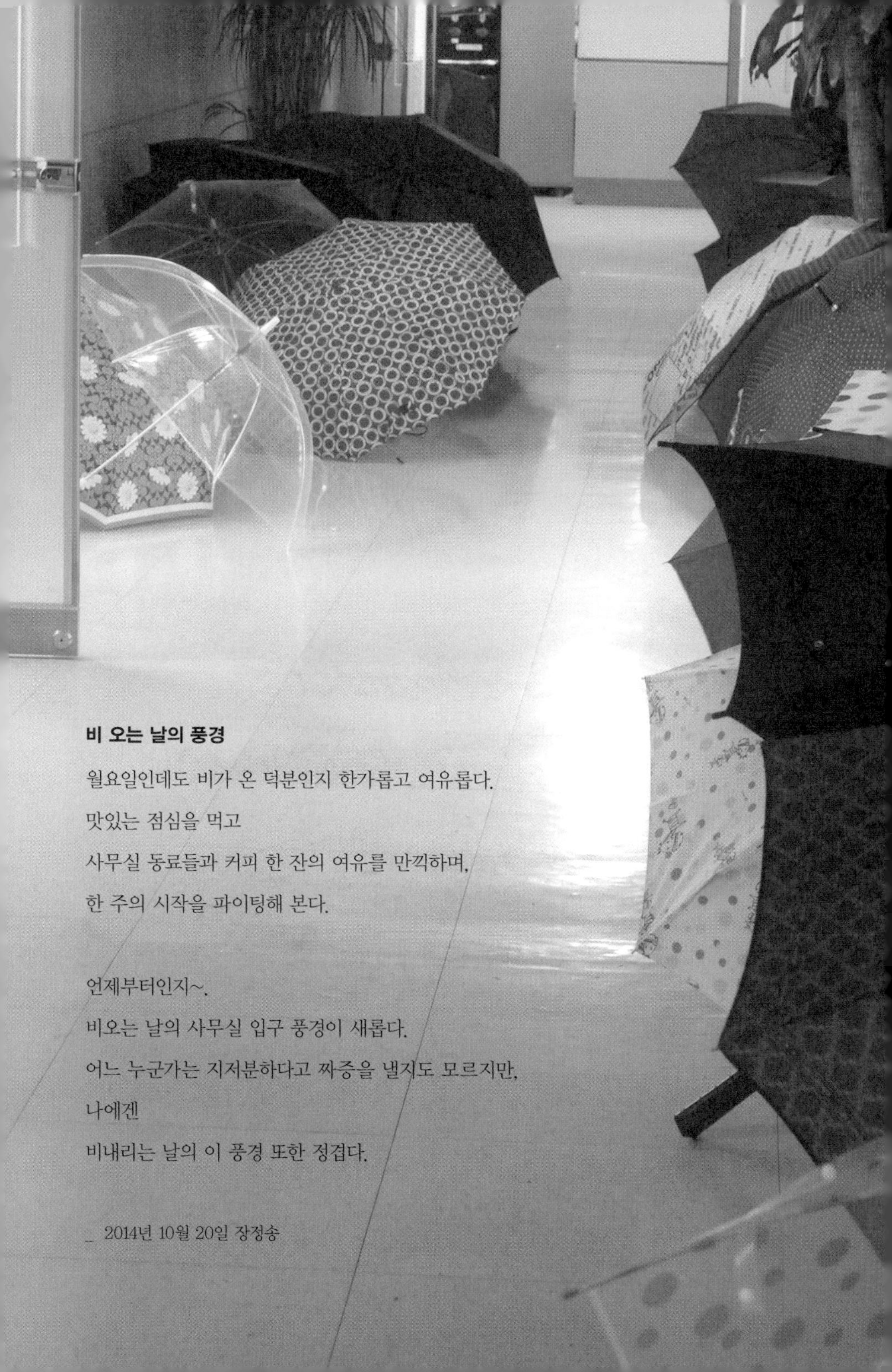

비 오는 날의 풍경

월요일인데도 비가 온 덕분인지 한가롭고 여유롭다.
맛있는 점심을 먹고
사무실 동료들과 커피 한 잔의 여유를 만끽하며,
한 주의 시작을 파이팅해 본다.

언제부터인지~.
비오는 날의 사무실 입구 풍경이 새롭다.
어느 누군가는 지저분하다고 짜증을 낼지도 모르지만,
나에겐
비내리는 날의 이 풍경 또한 정겹다.

_ 2014년 10월 20일 장정송

이익집단의 실체

겨우 네 시간 촬영했을 때의 먼지다.

아침 출근해서 바닥을 쓸면 저렇게나 많이 담긴다.

하루 종일, 그것도 털 좀 있는 옷을 찍게 되면 더 많이 담긴다.

의류는 엄청난 미세 먼지를 발생시킨다.

그런 미세 먼지는 공기에 민감한 내가 백화점, 아울렛 같은 쇼핑몰에

오래 있지 못하는 이유가 되겠지.

하루 종일 의류 매장에서 제대로 앉지도 못하고 일하는 분들은 어떨까…

창문은 없지만 window는 있는 밀폐된 촬영공간에 처음 들어섰을 때는

탁한 공기에 미칠 것만 같았다.

공기 정화 의미로 작은 '나비란'이라는 식물을 갖다 놨으나… 나비란도 시들시들 한다.

그나마 아침에 한 시간 정도 햇빛을 보게 해줄 때만 힘이 좀 느껴진다.

이런 식물이 살기 힘든 공간에 어느 새 적응해버렸다.

답답한 느낌은 없다.

그저 옷을 찍을 때, 기관지가 껄끄러울 뿐이다.

그래서 그렇게 달리기를 하나보다.

폐를… 몸을… 정신을 숨 쉬게 해주려고.

그런데 업자는 화재 예방한다고, 전기를 사용하는 기구만 단속하고 있다.

미세 먼지를 섭취하는 인간은 어느새 적응해서 둔감해지기 때문에?

단시간에는 티가 나지 않기 때문에?

모르는 건가.

층 마다 공기 질이 다르다는 것을…

모른 척 하는 것인가.

_ 2013년 8월 23일 최성원

오늘은 이런 사진을 찍었다

길을 가다가 버려지고 낡아 빠진 백붓 하나를 보았다.

눈에 들어온다.

카메라에 담고

조금 더 바라보았다.

가까이서 담아 보았다.

왠지 느낌이 좋다.

그냥…

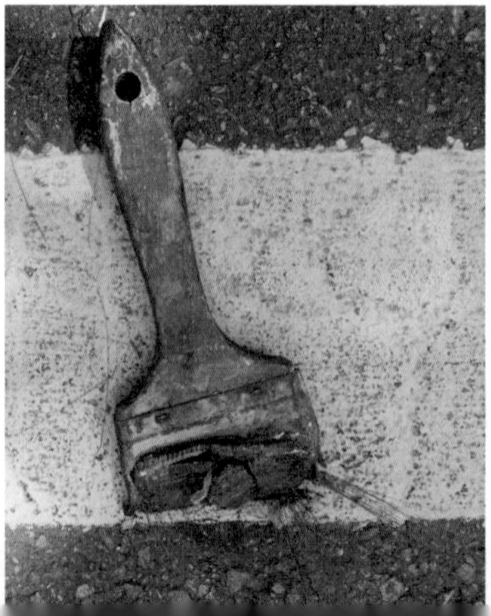

딸에게 사진을 보냈다

오늘은 이런 사진을 찍었다.

_ 2012년 8월 31일 오정미

나의 아침

나는 오늘 아침의 빛에
갇혀 있었다.

_ 2014년 6월 17일 최혜숙

중세의 빛

아빌라 데레사 수녀님이 계시던 깔멜
수도원의 문으로 들어온 16세기의 빛.

_ 2013년 12월 11일 최혜숙

甚矣 吳衰也

甚矣 吳衰也
久矣吳不服夢見AT

_ 2014년 6월 17일 최혜숙

하루가 지났다… 120분간의 놀이

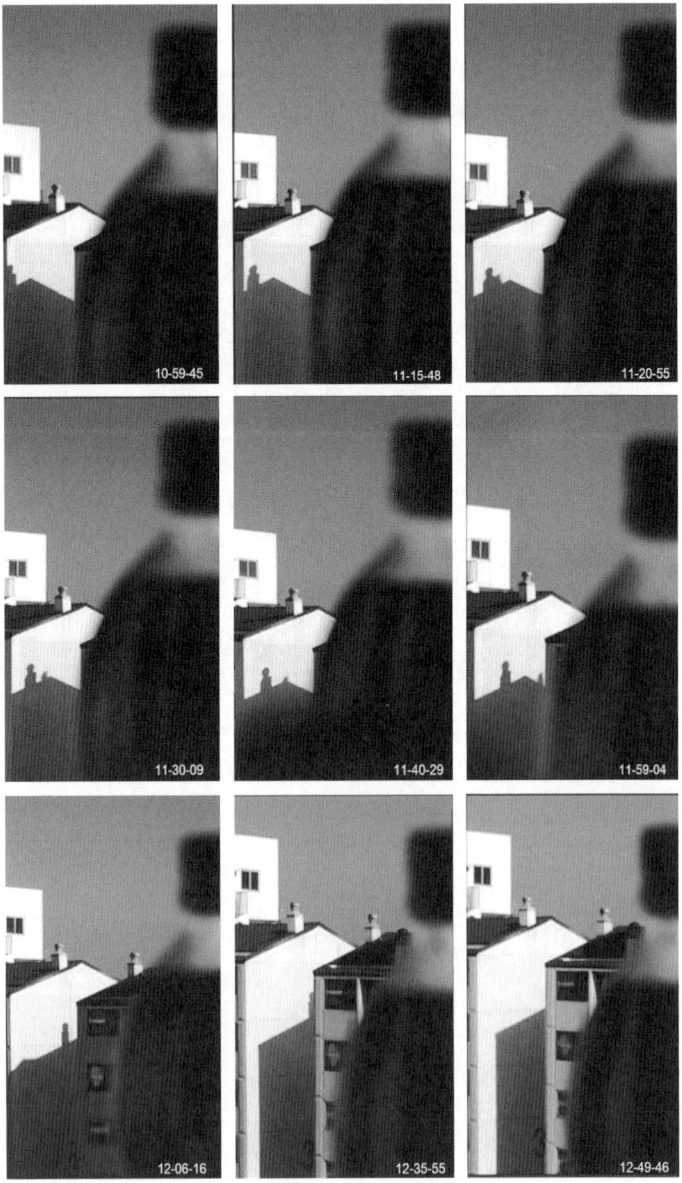

그렇다면 님의 "하루가 지났다"에서 "혼자만의 내 안의 동굴 속으로 들어간다" 하시니, 동굴벽화와 플라톤의 동굴을 떠올리지 않을 수 없었습니다. 그동안 멀리했던 사진 공부를 되새김 하며 플라톤의 이데아를 대입해 봅니다.

플라톤 왈 "예술가는 '모방의 모방', 즉 '이미 존재하는(그림자) 허상을 재현하거나 모방하는 사람, 이미 만들어진 허상의 존재물을 한번 더 모방하는 사람, 이데아의 길을 역행하는 사람'"이라고도 했고, 동굴을 나가 참된 실재 진리의 형상을 만나라고 했으며, 아주 작은 여지이긴 하나 善의 예술이 될 수 있는 길도 제시를 했었지요.

그러나 동굴을 나와 산책길에 나선 교수님은 실재가 아닌 또 다른 빛으로 만든 그림자(어둠)로 저의 회원들에게 〈수잔 손탁〉이 「플라톤의 동굴」 편에서 말한 "세상 저쪽을 볼 줄 아는 시선, 카메라에 찍힌 그 너머를 (은폐된 것) 볼 줄 아는 시선, 외양의 안쪽을 볼 줄 아는 시선, 시간으로부터, 시간 속에서, 시간에 기대어, 참에 다가서는 올곧은 삶의 시선"인 사진의 이데아를 보여주셨습니다.

사진의 이미지는 성찰과 지각의 시선이라 배웠습니다.
고로 시선 없는 곳엔 영혼도 없다 배웠기에 흐르는 시간으로부터 어둠 이쪽에서 밝음 저쪽을 향하는 자각의 시선을 위해 고심도 해 봅니다. 화답으로 올리는 제 사진은 오래전에 살던 아파트 벽에 드리우는 그림자입니다.
계절마다 다른 시간대에 다른 키로 나타나더니 한 일년을 바라보니 어느날 "나"를 객관적으로 바라보게 하는 중요한 계기가 되었습니다. 암튼… 제 성향을 보니 시간을 두고 바라보는 것을 즐겨하는 편인 것 같습니다.

그렇다면 님과 제 사진이 말하는 바는 달라도 자아를 통해 세상과 삶을 바라보며 빛 놀이를 즐기는 건 비슷한 것 같아 답글로 올려봅니다..

_ 2013년 6월 19일 리진

monologue – 1

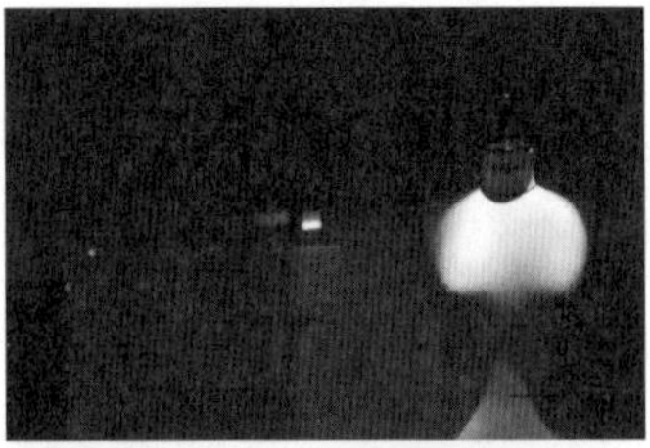

짧은 대화

.
.

작은 상상

.
.
.

긴 여운

,

그리고

자유로움

_ 2014년 9월 2일 장신

밤의 체온

또

밤이 밀려 온다.

밤의 체온이 점점 익숙해 짐은

아마도 나를 드러내지 않기 때문일게다

나를 보지 못하는

내 모습 또한

점점 길들여지며…

익숙해 진 체온에 안겨

잠들어 간다.

2014년 7월 21일 장신

오후 풍경

창문에 부딪친 오후 햇살에 무지개가 피어나고 새소리가 들려온다.

오랜만에 집에 머물며 한갖지다.

마음이 번잡하면 들리지 않고 보이지 않는 선물들…

삼종 소리에 하던 일 멈추고 기도하는 농부의 마음으로 감사기도를 드린다.

평온하다.

_ 2013년 3월 14일 임동숙

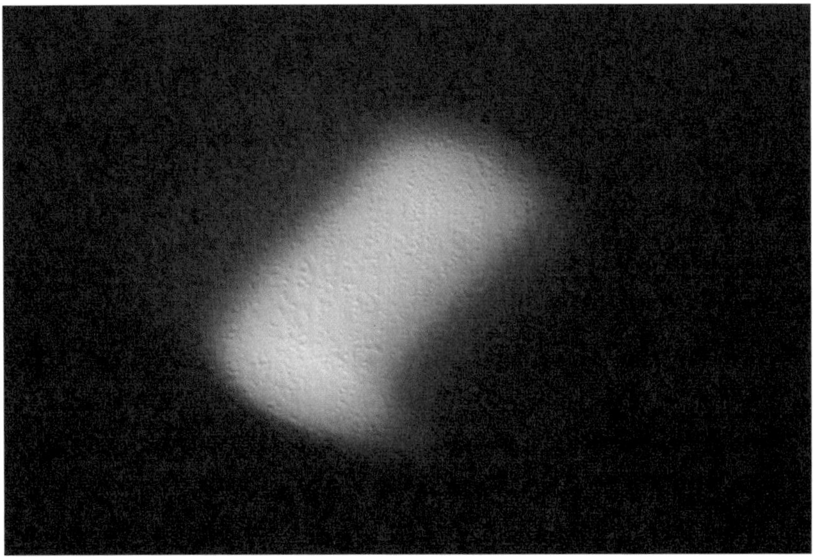

내가 보는 세상은

유리가 빛을 통과하면 프리즘 현상으로 인해 무지개를 보게된다

나는 어떤 프리즘으로 세상을 보고 있는걸까?

몇 일 동안 답도 없는 일 때문에 마음이 한없이 불편한 요즘

내 프리즘은 어떤 것인지 점검해본다

_ 2012년 12월 1일 정해경

시간을 담아보다

구름과 시간놀이를 한 적이 있습니다.

그때 느낀 것은 구름이 참으로 유행을 닮아 있다는 것입니다.
내가 아는 유행은 생성과 소멸의 극단적 주기이며,
가장 짧게 선택된 죽음의 시간 단위라고 생각됩니다.
끊임없이 '신형'을 추구하는 old의 종말이지요.

구름 또한 시시각각 변화무쌍 변합니다…
즉, 새롭게 태어나야 한다는 의지를 갖고 있듯이
모양을 바꿔가며 생성과 소멸을 반복 하는 것을 보고
참으로 유행을 닮았다는 생각을 해봅니다.

14:54분 ~ 15:05분 사이

_ 2013년 5월 24일 리진

씻김굿

이승을 차마 떠나지 못하고 진도 앞바다 구천을 떠돌고 있을, 망자의 한을 달래는 씻김굿이라고 하자.

_ 2014년 4월 30일 이충근

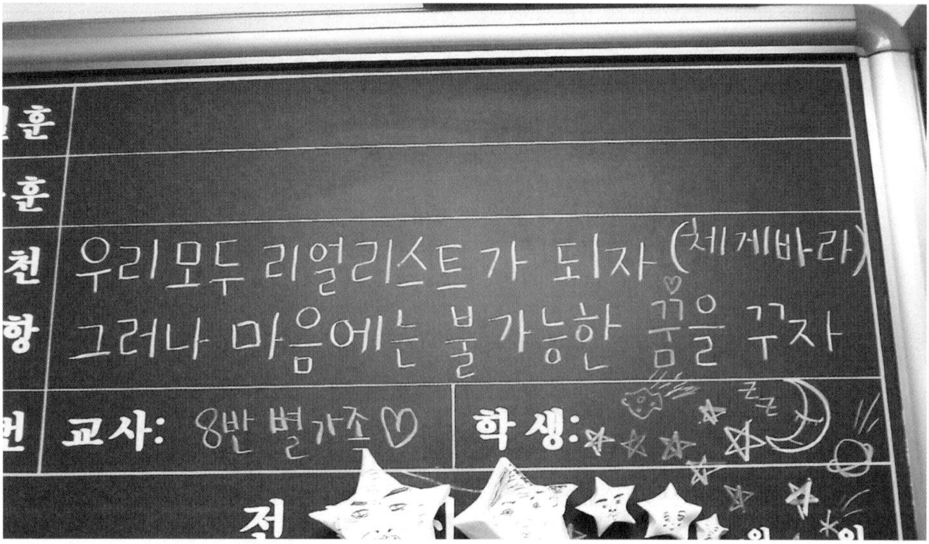

학교이야기 3

너무 대중적으로 상업화되어 그의 숭고한 인간애를 잘 이해 못 하는 듯합니다. 사르트르는 그를 가리켜 '이 세기의 가장 완벽한 인간' 라고 했지요. 어느 날 3학년 교실에서 발견한 이 모습을 보고 가슴이 뭉클했습니다. 이렇게 쓴 학생은 현실과 꿈, 자신과 세상에 대해 깊이 통찰했을 것이며, 최선을 다해 노력하면서도 입시가 곧 교육인 우리 현실을 온 몸으로 아파했을 것이라고 봅니다. 아이는 지금 어디서 무엇을 하고 있을지…… 우리 모두 리얼리스트가 되자. 그러나 가슴속에는 항상 불가능한 꿈을 갖자. Be the realist. But dream unrealistic dream in your heart.

_ 2013년 2월 3일 이충근

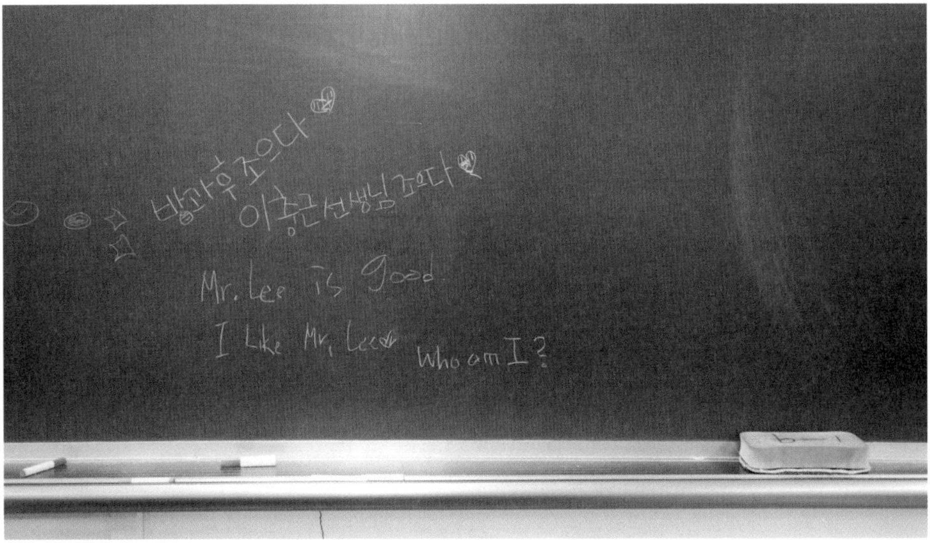

나도 조으다

물건이 낡으면 안 쓰거나 버려지고 사람도 나이 먹으면 잊혀 지는데… 이런 일도 있네요. 14년 만에 1학년 수업에 들어가게 되어 애들하고 과연 통할까… 걱정 많이 했는데. 때로 사탕이나 과자 주는 일이 더러 있더니, 오늘 마지막 수업에 들어갔는데 이렇게 칠판에 써 있네요. 감동했어요^^

_ 2013년 6월 13일 이충근

연필

큰 딸아이가 대입을 준비하며 그림그리던 몽당연필을 난 아직도 가지고 있다.
딸을 보는 마음으로 오래도록 간직하고 싶다.

_ 2012년 10월 22일 오정미

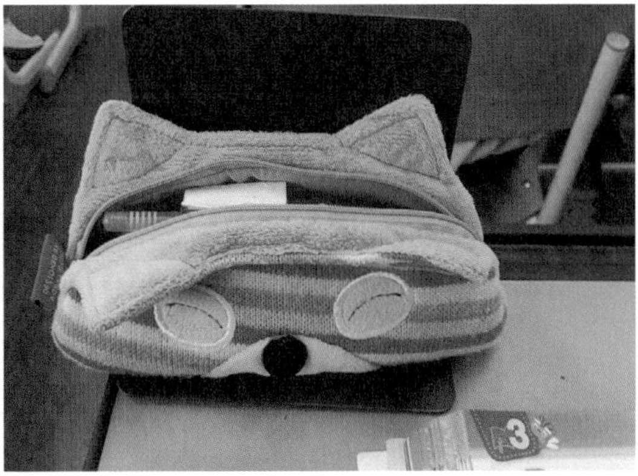

험담

아이들의 필통 만드는 회사에
험담하고파 입이 근질근질합니다.

수업 중에 저런 인형 필통들…
특히 배나, 등, 옆구리 등을 지퍼로
만든 필통들이 눈에 자꾸 띄는 게
영 못마땅한가 봅니다.
험담은 자신의 욕구가
충족이 되지 않아
만족스럽지 못하거나
자신의 생각대로 되지 않을 때
생기는 스트레스를
해소하고자 하게 된다고 합니다.
오늘은 그 스트레스를
여기에 분출해봅니다. ^^

_ 2014년 9월 16일 박월선

아빠의 공식

예배 중에 건네 받은 아빠의 공식

_ 2013년 7월 13일 송나

각오금지

내가 만든 기대와 목표가 나를 힘들게 하는 경우가 많이 있습니다. 물론 그것으로 더불어 성장하기도 하지만요. 사진에 흥미를 계속 가질 수 있도록 여기 카페에 가입했는데 점점 의욕이 떨어지는 것 같다고 지난 정모 때 말씀 드렸었지요. 저도 자연스럽게 사진과 가까워지길 기다리면서 크게 신경쓰지 않고 지냈었는데요. 그러다보니 다시 나타해지는 것 같습니다. 그래서 한달 사진찍기 목표량을 설정하려다가 요 사진에 딱 걸렸어요.

_ 2014년 6월 17일 박월선

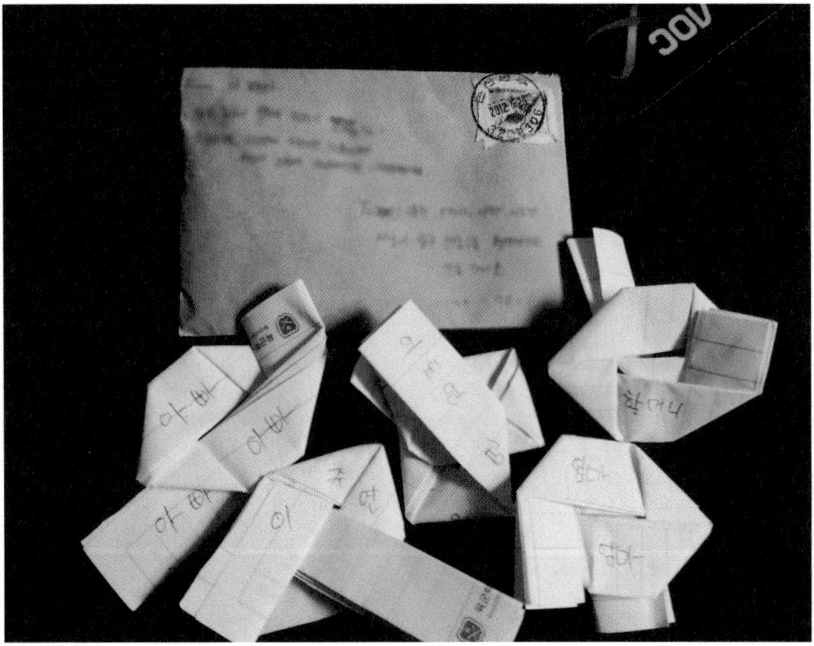

우표 붙은 편지봉투의 향기

지난 여름 아들이 한 달간 훈련을 들어갔었다.

함께 있을 땐

다정한 말을 잘 못하는 우리 식구들이다.

식구들 모두에게 따로 따로

편지를 써 준 것이 너무 고마웠다.

나도 그리고 몇 통의 편지를 썼나보다.

얼굴 마주하고는 듣지도 말하지도 못하는 이야기들을…

편지는 때로 다른 이야기를 할 수 있게 해 주어 좋다.

아들은 참 다정한 아이였다.

_ 2012년 10월 26일 오정미

바보 엄마

사춘기가 시작된 딸과 하루하루 전쟁을 치른다. 일거수일투족이 내 눈에 거슬리고 매번 큰소리를 지르게 된다. 이 날도 어김없이 뒷목이 당길 정도로, 내가 미치지 않았나 싶을 정도로 아이를 몰아쳐대고는 우연히 발견한 책 한 권. 그 제목에 너무나 공감되는 마음으로 잡아든 책 속에서 답을 찾는다(이미 알고 있었는지도 모르지만 늘 잊고 있는…).

나는 꽤나 엄격한 규율 속에서 그야말로 잘~ 자란 케이스이고, 내 아이가 나와 너무도 다른데서 오는 만족스럽지 못한 행동들이 수시로 나를 미치게 했던 것이다. 늘 나처럼 말 잘 듣는 아이로 곱게 자라주길 바라는 맘에 아이를 다그치고 혼내고 심지어는 아이의 마음에 상처가 될 말들을 서슴없이 쏟아내곤 했는데 그 모든 것은 아무것도 달라지지도, 도움이 되지도 않는다는 것을 왜 늘 기억하지 못하고 사는 건지 모르겠다. 아이를 그 자체로 인정하고 사랑을 주는 것이 왜 그리 어려운지…, 동생이 태어나면서 부터 늘 찬밥 신세였다고 생각하는 아이에게 왜 따뜻한 말 한마디를 못해주는지…, 아이가 나를 미치게 하는 것이 아니라 이런 어리석은 엄마가 나라는 사실이 나를 미치게 한다. 그리고 위로한다… 이제라도 다름을 인정해 주고 더 많은 사랑을 주자고… 그러면 된다고….

_ 2012년 11월 22일 김혜림

함께 한 세월의 흔적들…

언제인지도 잘 모르겠다. 이 신발과 인연맺은 때가…

외국에 있을 때, 퇴근 후에 운동하기 위해 샀으니, 어언 7~8년은 되었나보다.

신발을 빨면서 찢어지고 너덜너덜해진 상처들을 보니,

이 신발과 한 기억들이 주마등처럼 흘러간다.

그래, 이 상처들은 나와 함께 한 슬프고 아팠던 세월의 흔적들이었다.

아직 앞으로 더 새겨할 상처들이 있겠지….

더 이상 상처들을 새길 수 없을 만큼 만신창이가 되었을 때,

그때는 내가 너를 놓아 주겠지만,

아직은 내 옆에서 또 다른 상처들을 같이 새기며 가자구나….

_ 2012년 7월 22일 백진욱

딸의 친구와 실내화

며칠 전 고2 작은 아이 중간고사가 끝났다.
시험이 끝나거나 특별한 날이면
우리집엔 작은아이 친구들이 몰려오는데
이날도 어김없이 친구들이 떠들썩하게 모여들었다.

아이들이 몰려 온 시간은 12시 쯤.
당연히 점심시간이라 피자와 치킨을 시켜주는 것으로
부족한 엄마노릇을 대신한다.
일곱명이 모여있는 작은 방에선 끊임없이 웃음소리가 흘러나온다.

이날 아이들이 신고 온 신발은 교실에서 신는 실내화.
비오는 날은 실내화를 신고 집에 가는게 허용된다고
일곱명 모두 하얀 실내화를 신고 왔다.
방 안에선 아이들이 깔깔거리는 웃는 소리가 들려오고
현관 앞 일곱켤레 실내화도 아이들의 수다같다.

_ 2014년 10월 5일 민경량

크기가 다르면 느낌도 달라

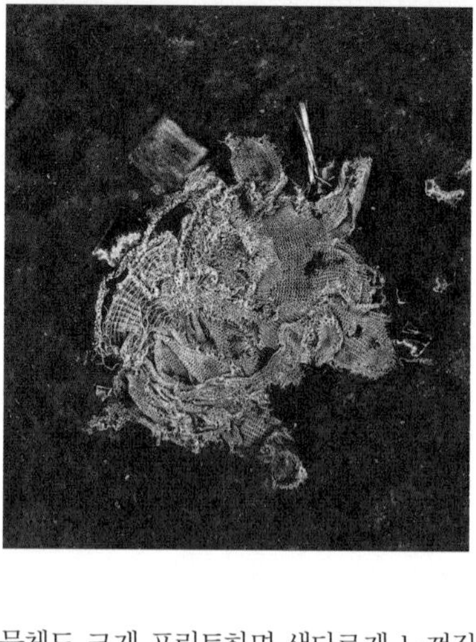

작은 물체도 크게 프린트하면 색다르게 느껴집니다.

익숙한 일상의 물건들도 크게 프린트하면 색다르게 느껴집니다…

_ 2014년 3월 10일 박월선

비로소 보이는 것들

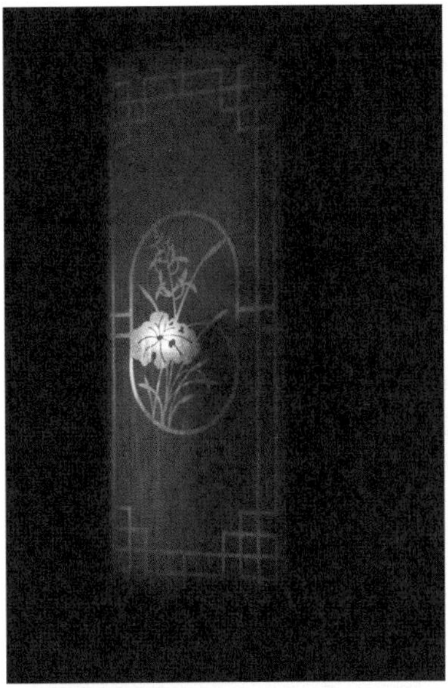

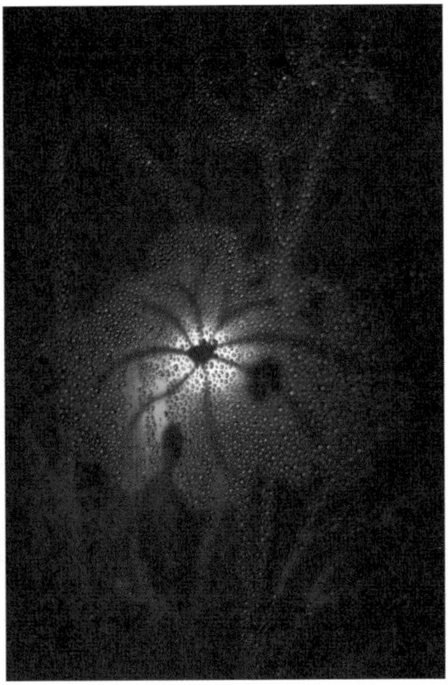

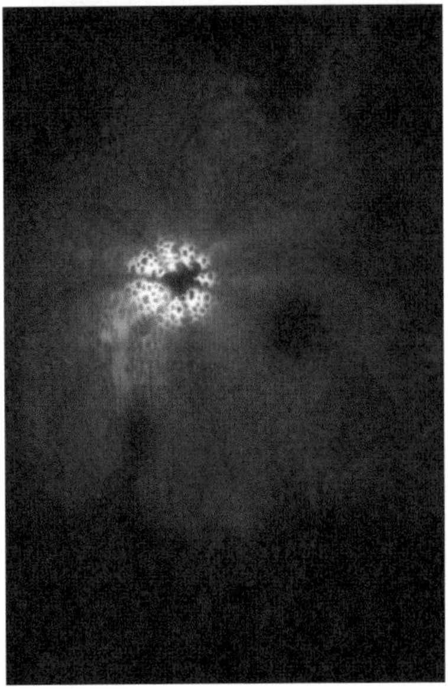

마음의 한쪽 불을 끄고 나니
비로소 뭔가 보이기 시작했다.

밝은 빛이 보이기에
점점 더 가까이 다가가니,

그 안에는
또 다른 세상이 있었네.

_ 2013년 1월 25일 백진욱

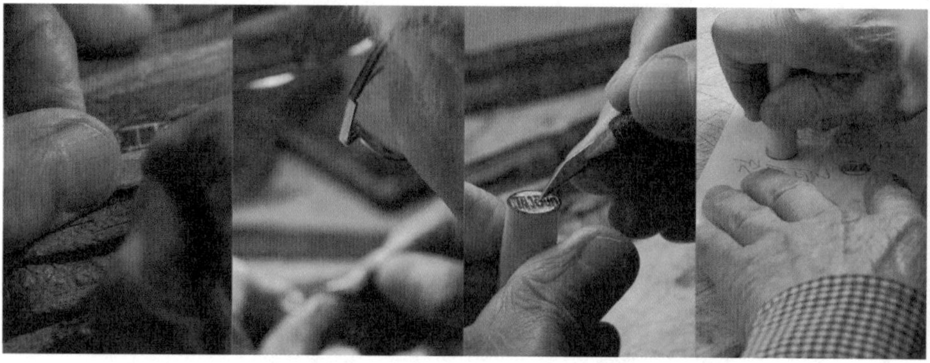

사각사각

사각사각 소리에 내가 새겨진다
삼십오년 세월이 담긴 손길이다
백발너머 떨리는 손이 아쉽지만
꽉눌려진 손에서 내가 태어난다

_ 2014년 5월 11일 김영필

아버지의 낡은 미싱- 실꿰기

나는 바늘에 실 꿰는 방법이 조금 다르다
아버지에게서 배운 것이다
손가락의 감각으로 실을 꿸 수 있다
덕분에 돋보기를 쓰는 지금도
안경 없이 실을 꿸 수 있다
아버지가 생각난다

_ 2012년 8월 15일 오정미

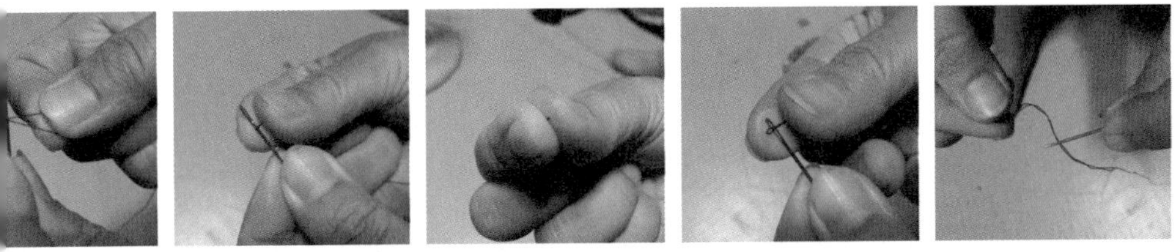

아버지의 낡은 재봉틀

아버지의 낡은 재봉틀

아버지의 경력은 45년인데…….

이 재봉틀의 경력은 50년이 넘었단다.

아버지 보다 선배다ㅋㅋ

모 기업에서 정년퇴임 하신 후 아직도 현업에 종사하고 계시는

우리 아버지는 모델리스트(패턴사)이시다.

_ 2012년 8월 15일 변성진

안녕! 나의 늙은 피아노

1979년 내가 대학에 들어가던 해이다.
아버지께서 대학에 들어가면 피아노를 사 주신다고 하셨다.
어느 날 학교 끝나고 집에 와 보니 검정색 피아노가 방안에서 그 검은 광채를 발하고 있었다.
그 날의 감동과 놀람은 지금도 생생하다
시집온 후 동생들이 물려 치던 피아노는 우리 아이들을 거쳐 조카들까지 두루 돌아다니며 음악을 가르쳤다.
이제는 조카들도 다 크고
남동생 집에서 자리만 차지하는 애물단지가 되었다.
듬성듬성 이가 빠진 것처럼
늙은 피아노는 몇 음 소리도 못 낸다.
음정도 떨어지고
조카에 의해 몇 차례 해부도 당했다.
피아노를 여러 곳에 돌리다가도
그애들이 필요 없어지면 언젠가 다시 가져오리라 생각했었다.
그러나 더 이상 칠 수 없어 동생 집에서 처분하기로 했다.

그렇게 애틋한 나의 늙은 피아노가
2만원에 팔렸단다.
아버지도 엄마도 가시고 늙은 피아노도 갔다.
〈2만원〉
고물 치워주는 값이다.
세월이 간다.

아끼던 물건을 처분해야 할 때 내가 중얼거리는 말이 있다.

'사람도 살다 가는데 뭐 그까짓 물건쯤이야'

물건과 함께
추억도 간다.
어려운 형편에 딸을 위해 피아노를 사 주신 우리 아버지의 사랑.
그 사랑도 팔려가 버릴까봐
사진을 찍었다.

_ 2014년 10월 19일 오정미

즐거운 우리집

그리고

아이들은

무럭무럭

자라지요

아무 근심도 없이

천천히

그리고

열심히

_ 2014년 11월 11일 이정희

설거지하다 바다를 보았네

설거지와 쓰레기 버리기… 내 살림살이 주 종목이다. 설거지는 거의 아트 수준… 남들이 그런다.

오늘 이 정도는 누워서 떡 먹기. 내가 하는 집안 살림이 식구들의 몸과 마음을 살린다.

기꺼이 내가 해야 할 기본적인 노동. 그런데 오늘 설거지를 하다 싱크대에서 바다를 보았다.

그릇을 헹구다가 모든 것을 받아들이는 한없이 넓은 바다를 보았다.

물은 생명의 기원. 바다에서 생명체가 시작되었다는데….

세상의 모든 것을 마다하지 않고 다 받아들인다.

생명의 바다. 너그러워야지. 살림을 돕다가 내가 살림을 받는다.

누군가 그리운 날은 창을 닦는다고 하던데….

나는 설거지를 하다 문득 바다가 그리웠다.

그 바다…. 생명의 바다에 가고 싶다.

_ 2013년 1월 29일 이충근

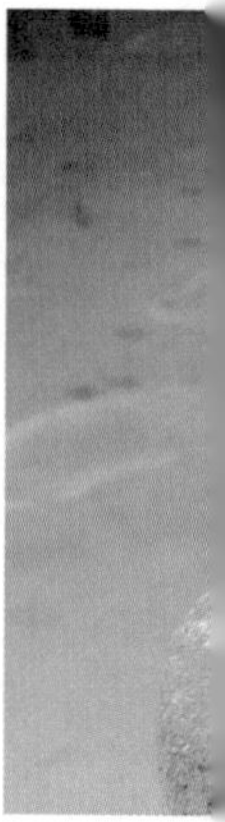

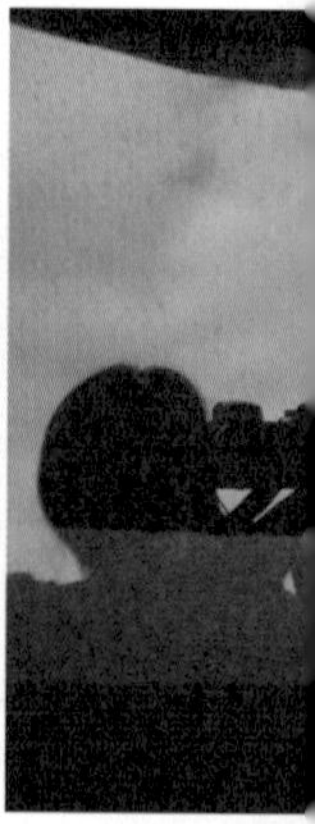

셀프이미지 – 불자(佛子)

절구 속 맑은 하늘에 나의 마음을 비추어 본다.

화난 얼굴, 찌푸린 얼굴, 웃는 얼굴, 우는 얼굴…

저 많은 군상들 중 지금 나의 모습은 무엇일까???

_ 2012년 9월 14일 오경숙

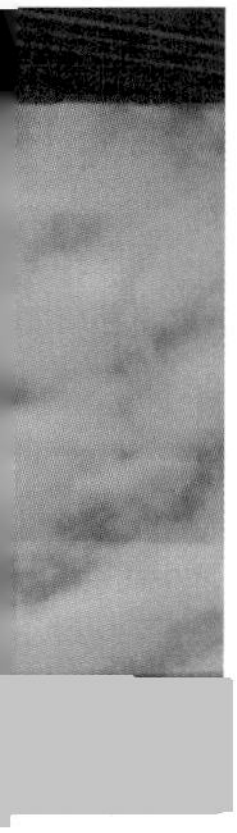

소원

"봄 되고 마당에 꽃피면 예쁜 꽃 꺾어서 꽃병에 꽂아두고 싶은 게 내 소원이야
그리고 우리 가족 모두 병이 안 걸리는 게 소원이야"

이소가 말했다.

_ 2014년 1월 10일 김여주

사진가의 행복

태양이 떠오르면서 유리창에 그림을 그리고 있었다.
순간 순간 변하는 이미지 속에 풍덩 빠져서 행복했던 아침이었다.
아침에 눈을 뜨자 갑자기 그날의 아침이 떠올랐다. 사진가로 사는 재미다.

"중요한 순간이 다가오자 나는 곧 그것을 알 수 있었다.
그것은 어떠한 의미로도 계속 되는 현실의 시간은 아니다.
그러나 나는 그것을 분간할 수 있었다. 그렇게 느꼈다면 바로 행동하지 않으면 안 된다.
같은 일은 두 번 다시 일어나지 않기 때문에.
그 순간은 항상 혼자일 때 다가온다 ." -윈 블록-

_ 2013년 03월 16일 임동숙

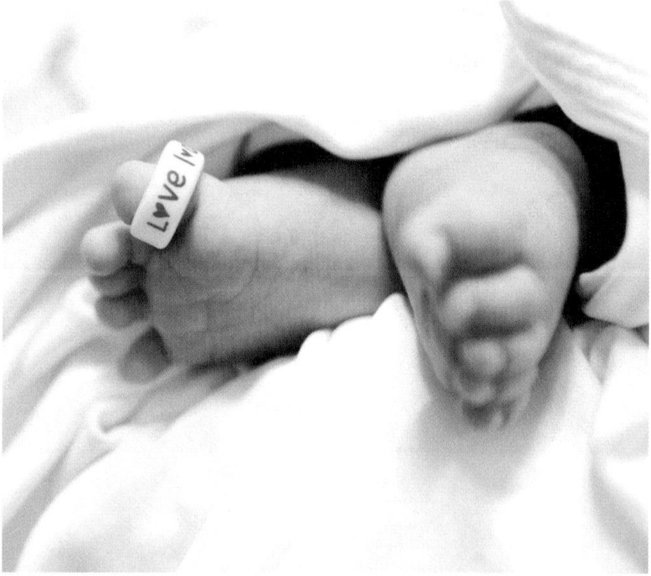
L♥ve

***** 다섯 번째 일기

내 사랑하는
사람
사람들

어머니의 얼굴

사랑하는 어머니…

아름다우신 어머니…

지금도 변함없이 사랑해 주시는 어머니…

P.S, 내가 초등학생이었던 40여 년 전에 아버지께서 찍으신 어머니 얼굴.

_ 2012년 8월 28일 백진욱

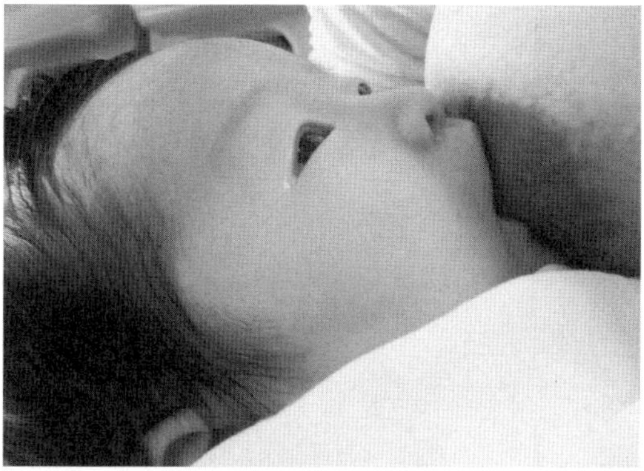

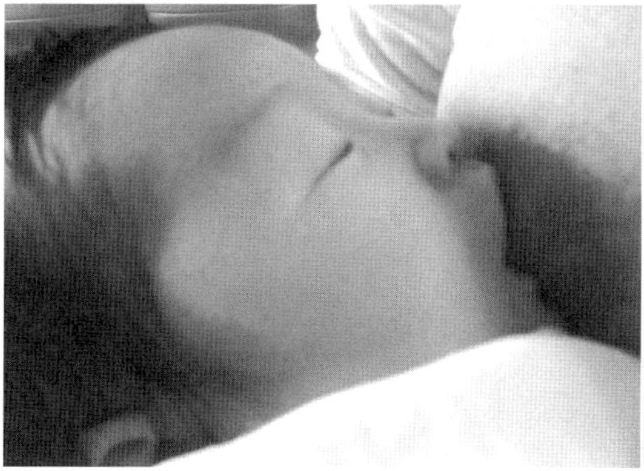

순수한 만남

아기에게 젖을 물린다

또롱한 눈으로 어미를 바라본다

그리곤

스르르 잠이 든다

세상에서 가장 포근한 잠 속으로

·
·
·

_ 2012년 5월 10일 오정미

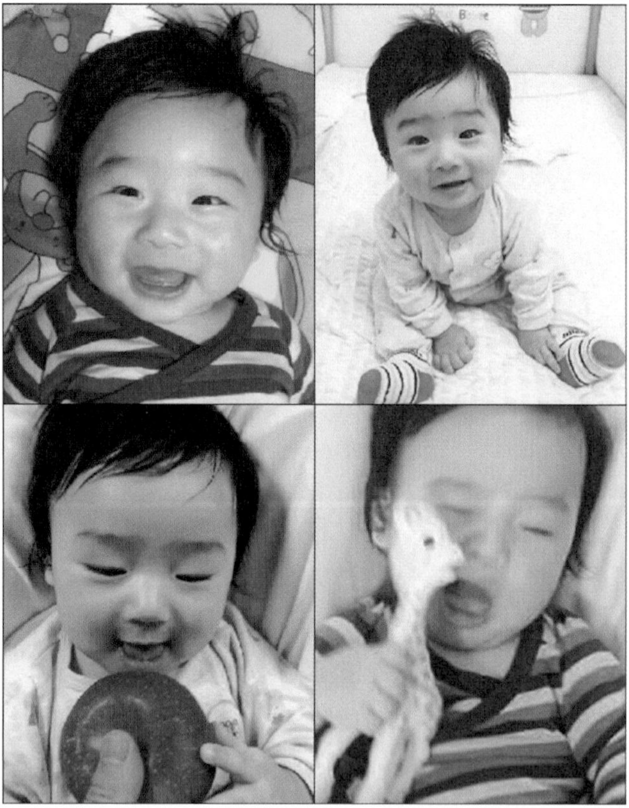

아들은 걱정마세요

인터넷 신문 편집장, 다큐멘터리 사진가, 사진학과 강의, 절권도 수련… 남편 그리고 아빠

바쁘게 살고 있는 아빠 많이 놀아주지 못해서 미안…

그래도 우리 아들은 건강하고 씩씩하게 잘 자라고 있다. 사랑한다.!!

_ 2014년 3월 14일 변성진

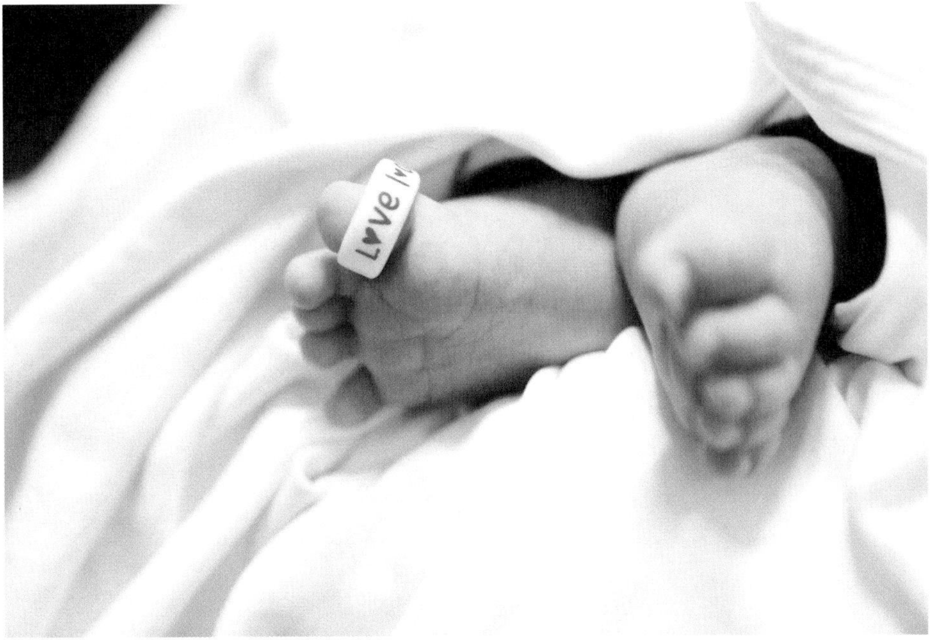

50일 기념촬영

11월 11일 아들의 50일 기념촬영을 집에서 했습니다.

벌써 50일 이라니~~~

_ 2013년 11월 13일 변성진

저도요

고사리 같은 손으로 움켜 쥔 헌금을 내는 네살배기 수아!

하나님, 저도 헌금 가져왔어요….

_ 2012년 12월 17일 백진욱

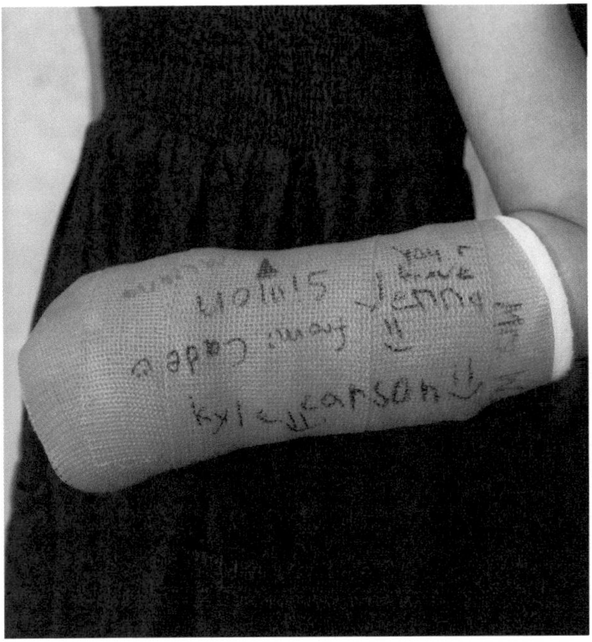

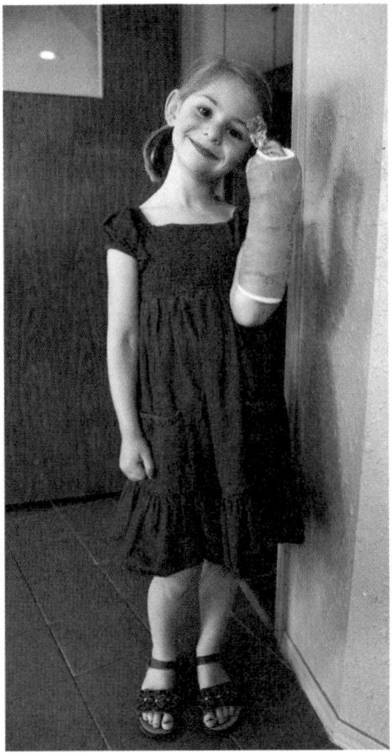

공감대

"Good morning, Abby!" 하고 항상 내가 먼저 다가가 인사를 하면

미소를 짓고는 곧바로 사리지던 여섯살인 그녀!

그러나, 오늘은 평소와 다르게 먼저 나에게 다가왔다.

한 쪽 팔엔 빨간 장식을 하고….

뼈가 부러져 기브스를 했다고….

묻지도 않았는데, 다친 경위도 장황하게 설명하는 그녀.

그래서 나도 뼈가 부러져서 기브스한 적이 있다고….

그렇게 그녀와 난 처음으로 공감대가 생겨 몇 분을 같이 수다를 떨 수 있었다.

_ 2014년 6월 9일 백진욱

윤하의 꿈

윤하는 6 살배기 제 손녀입니다.

며칠 전 손녀와 비눗방울놀이를 아주 실~~~컷 했습니다.
윤하의 꿈, 무지갯빛 비누방울이 밤하늘의 달까지 닿았을까요?

* 요새 저는 빗방울, 물방울에 흠뻑 빠져
실험에 실험을 거듭하고 있는 중입니다.
역시 세상에 만만한 것은 없다는 것을 실감하면서…… ㅎㅎ

_ 2012년 7월 29일 김정희

나는 미래의 사진가

_ 2014년 5월 24일 김민철

아침 산책길에서 친구를 만나다

아침 산책길에서,

엄마 손가락만큼 도톰한 애벌레가 나타났다.
이소는 손을 내밀어 그 친구를 만져도 본다.
힘이 센 녀석 같았다. 성격도 어쩐지 단단해보인다.

어디로 가고 있느냐-
너는 어디서 왔느냐-

아마 지금쯤이면
큼지막하니 푸른 잎을 찾아 꿀꺽꿀꺽
배불리도 먹었을테다.

건강한 애벌레야 또 만나자.

_ 2013년 8월 14일 김여주

아이들, 삶의 시간들

_ 2013년 8월 12일 김여주

시원하게

늘 나의 그늘막이 되어준 엄마가 오늘은 땡볕아래 서 있는 꼬맹이들에게

그늘을 만들어 주고 서 계신다…

시원한 얼음으로 손장난도 함께…

_ 2012년 7월 10일 김혜림

아들 바보? 그래도 좋은걸~

해마다 이맘때면 하는 유치원 재롱잔치.

세민이네 유치원은 대웅전 앞마당 느티나무 앞에서 '느티나무 축제'를 한다.

작년에 이어 두 번째 해보는 것이자 마지막 유치원 행사가 될 축제에서

마지막 무대를 사물놀이로 장식하였다.

5, 6세반 아이들과는 확연히 차이가 나 보이는 '형님반' 아이들^^;

세민이는 얼마 전부터 꽹과리를 맡아서 연습 중이었고 중요한 것을 맡았다고 으스대면서도

너무 힘들다고 투덜거렸었다.

잘 할 거라고 기대도 했지만 기대를 넘어서서 너무나 멋지게 집중하며

제 역할을 다하는 모습을 보니 어찌나 대견스럽던지…

목에 핏줄까지 세워가며 소리를 지르면서 꽹과리를 쳐대는 모습에

내 아들이지만 참 멋져보였고 순간 저 녀석도 남자네~하는 느낌까지 들게 쏙 빠져버렸다.

요즈음 미운 일곱 살이 되어 하루하루가 너무 힘들었는데 이렇게 한방에 감동을 주다니~

사랑한다, 아들~^^

_ 2012년 10월 21일 김혜림

낚시

8월. 처음으로 떠난 네 식구의 여름휴가. 간만에 한가로운 여행을 즐기고 왔습니다.
경주에서 해안도로를 타고 삼척까지 올라와 부자가 바다낚시를 해 보겠다고 낚싯대를 드리우고…
두 남자의 뒷모습을 바라보고 있자니 입가에 미소가 지어집니다.

_ 2013년 9월 8일 김혜림

전시장에서

아이들이 매달리고 뛰노는 모습과
웃는 소리, 우는 소리, 쿵쾅거리는 발소리까지

이런 소음들이 작품과 호흡하며
전시장을 가득 채워주었다

_ 2012년 8월 23일 송나

오래된 시간

오래된 시간의 문이 열린다.

아이들과 버스를

타고 갈 때면

차 창 밖 스치는 풍경과 햇빛이 주문이 되어

지금, 우리는 어디로 가고있는가_

_ 2013년 8월 2일 김여주

일상 속에서 _ 2013년 6월 20일 김동규

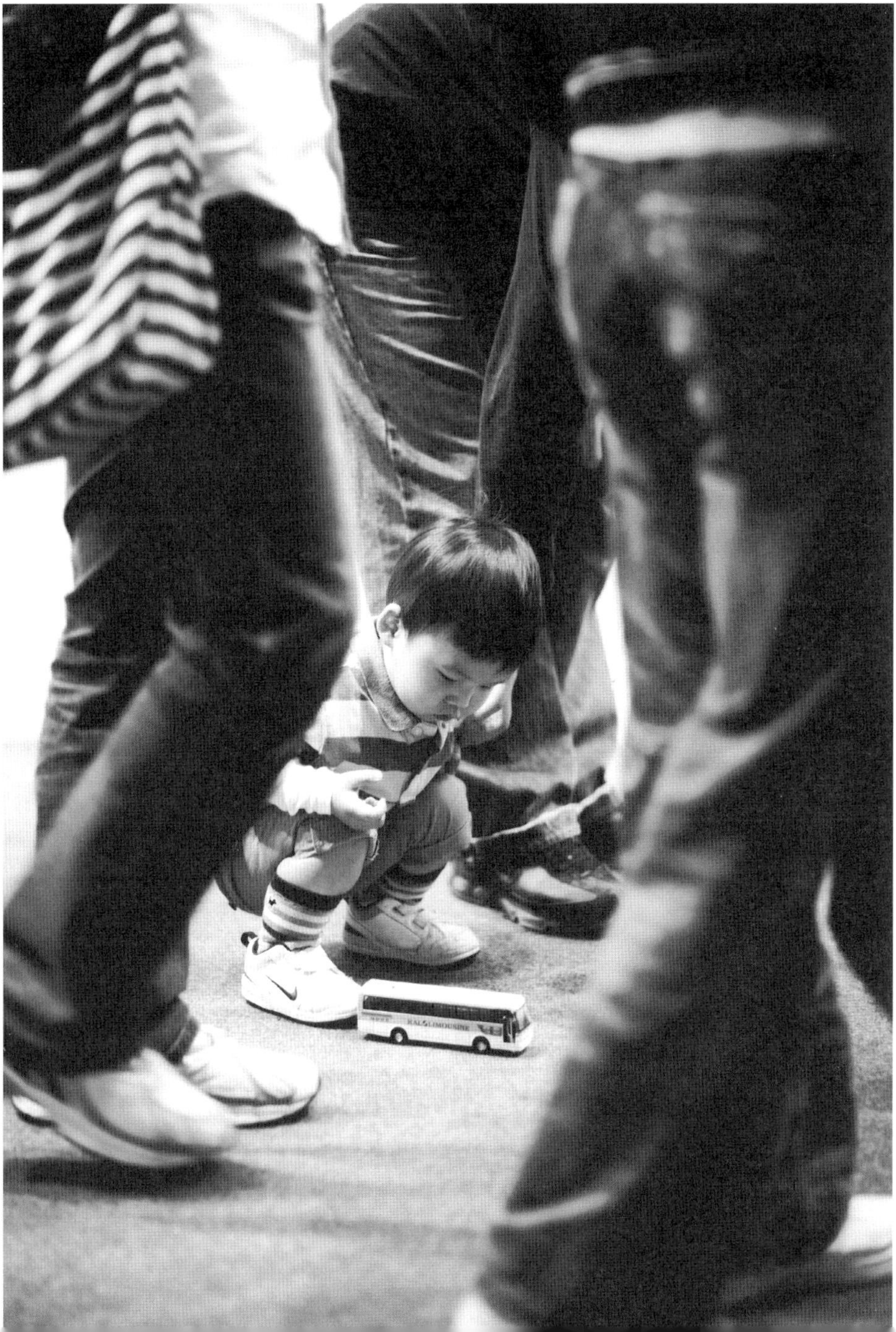

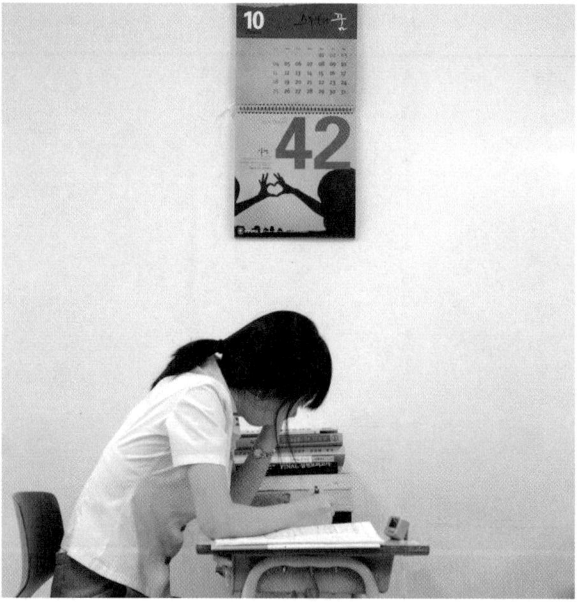

학교이야기 11 – 공부, 또는 교육

공부하는 모습이 보기에 참 예쁘다.
자신의 꿈을 위해 현재 있는 자리에서 최선을 다해 노력하는 모습…

그러나 조금 달리 생각해볼 수 없을까.
대한민국 국민은 모두 교육과 정치, 그리고 축구전문가라는데……

2008년, 한국을 찾은 앨빈 토플러는 우리의 아이들을 걱정했다.

"대한민국의 아이들은 하루 15시간씩 학교와 학원에서 미래에 필요하지 않을 지식과 존재하지도 않을 직업을 위해 시간을 낭비하고 있다."

_ 2014년 10월 13일 이충근

학교이야기 1

아이들이 행복한 교육은 정녕 불가능할까. 학벌 없는 사회는 그냥 먼 나라 얘기일까.
수능을 딱 15일 앞둔 오늘, 공부하다 하다 힘들어 자고 있는 아이를 차마 깨우지 못한다.
내가 죄인같다.

_ 2012년 10월 24일 이충근

Town house – 그 영롱함 머금고

발길을 잡는 그 영롱함을 뒤덮어 쓰련다.

--- 요즘 하는 짓이 그렇다 보니, 오랜만에 DSLR을 꺼내도 그 사진이네요. ㅎㅎ

사진은 클릭해서 크게 보셨겠죠?

구름 속에서 라이딩을 즐기니, 온통 물방울이 맺히더군요.

카메라도 촉촉해졌더랬죠.

덕분에 한기가 콧속 깊숙히 침투해서 자리 잡았네요. ㅎㅎㅎ;;

이 날 DSLR을 들고 있으니 조금 더 주변의 변화에 귀를 기울이는 느낌이었어요.

DSLR에 대포를 장착하고도 풀코스를 달릴 수 있는 날이 빨리 오기를 바라며…

ㅎㅎㅎ. 그 날을 기다리기 전에 들고 댕겨야겠죠.

_ 2014년 2월 3일 최성원

내가 하는 것들은 뻘 짓인가?

사진을 업으로 하고 있으면서 참으로 다양한 짓을 하고 있죠.

세상은 돈이 기준이라 그럴까요? 깊이있게 한다는 것의 기준은 뭘까요?

한 우물을 파도 삽질만 하는 것이 아닌 다양한 공법이 필요한데.
저는 도가 지나칠 정도로 다양한 공법에 손을 데고 있나요?

그냥 돈이나 벌까요?
스냅 찍고, 제품 찍고…
당장 사진으로 돈 벌면 깊이가 생기는 걸까요?

아니면…
사진 한 장 한 장에 큰 공을 들이지 않으니,
깊이가 없다고 생각하는 걸까요?
지금 제 수준에 사진 한 장에 시간을 들이면,
그 깊이가 있을까요?

모든 활동 중단하고, 셔터만 누르면 되는 걸까요?

캘리그라피의 기초가 될 서예에 관심 가졌다가
흥분하게 되네요.
ㅎㅎㅎ

어떤 글도 좋아요.
여러분들의 소중한 경험담이니까요.
글 남겨주시면 감사히 참고할게요.

힘드시겠지만 글 남겨주세요~~~

_ 2014년 8월9일 최성원

살랑살랑 봄바람

일요일 오후 나른한 산책길
떨어지는 벚꽃은 아쉽지만
함께 걷는 꽃이 있어 행복하다.

_ 2014년 4월 7일 김영필

40대 중반의 아저씨들

오래된 친구의 장인어르신이 돌아가셔서 친구들과 문상을 갔다 왔다.
아주 어릴 때부터 교회에서 같이 지냈고 한 동네이다 보니, 학교도 거의 같은 학교를 다녔다.

1년에 서너 번 정도 모임을 가지는데, 그때마다 캐쥬얼차림으로 편하게 만나다 보니,
나이에 대하여 그렇게 느끼는 것이 없었는데….
양복을 입고 앞서가는 친구들의 뒷모습을 보니, 40대 중반의 아저씨 티가 느껴진다.
그들 뒤에서 비슷한 양복을 입고 뒤따라가는 나의 뒷모습을 어렴풋이 짐작해 본다.

_ 2012년 10월 17일 백진욱

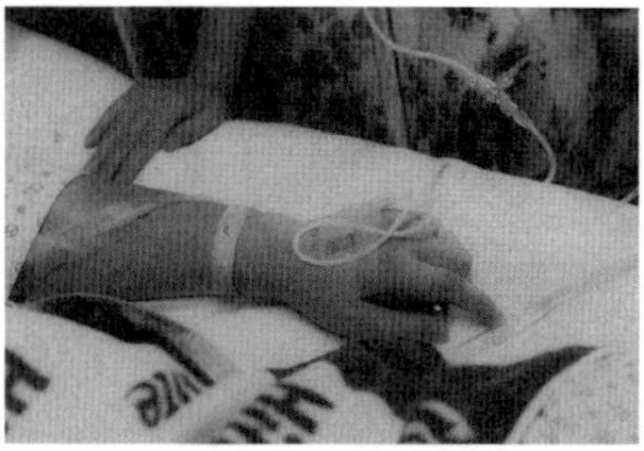

2012년 8월 9일 못다한 말

내가 다니는 교회에 나보다 6~7살 젊은 친구가 있다.

우리교회에 작년 11월부터 나갔으니, 그와의 인연도 한 9개월 정도가 되는 셈이다.

처음에 형 동생하며 잘 지내다, 어느 순간부터 내 마음이

이친구와 편하지가 않았다. 나만의 편견과 잘못된 마음 때문에…

이 친구는 전혀 모르는 일이지만….

암으로 시한부 삶을 살고 있던 그가, 암이 머리로 전이 되면서 갑자기 악화되어 입원을 하게 되었고, 그에 대한 나의 불편한 마음을 털려고, 지난주에 교회 사람들과 병문안을 갔지만, 상태가 안 좋은 그 친구에게 말은 못하고, 손만 잡고 속으로 "미안하다, 미안해, 정말 미안해" 라는 말만 되 뇌이고 돌아올 수밖에 없었다.

그런 그가 오늘밤에 하나님의 부르심을 받았다.

겉으로는 너스레를 떨며 잘 지내는 것 같았지만,

속에서는 자기에게 일어난 일들을 받아들이기에 너무 힘들었을 텐데,

그런 상태인 그를 내가 오해를 하고, 그래서 좋지 않은 감을 가졌고,

이제는 그와 만나서 털어버리려고 했는데, 이렇게 가버리면 내 마음의 짐은 어떻게 해야 하는지…

하나님께 그와 그의 가족에 대한 기도를 하고,

또 내가 가지고 있는 마음의 짐을 고백했다.

그렇지만, 못 다한 말 때문에 자꾸 마음이 아파 이 시간까지 상념에 잠겨 있다.

_ 2012년 8월 10일 백진욱

병원에서 맞은 명절과 생일

황금 연휴를 삼일 앞두고 장모님이 큰 사고를 당하셨습니다.

혼수 상태에 뇌 출혈로 큰 수술을 할지도 모르는 상태였는데
다행히 출혈이 멈춰 수술은 안하게 됐습니다.

명절 동안 가족들이 돌아가며 병상을 지키며 간호하고
저희는 출근 때문에 오늘 돌아 왔습니다.
한 주를 병원에서 보냈지만 명절 연휴로 병상 곁을 지킬 수 있어서 맘이 한결 가볍습니다.

장모님이 제일 좋아하는 막내 처남의 생일을 맞아 케익으로 함께 축하 해줬습니다.

_ 2014년 9월 10일 김영필

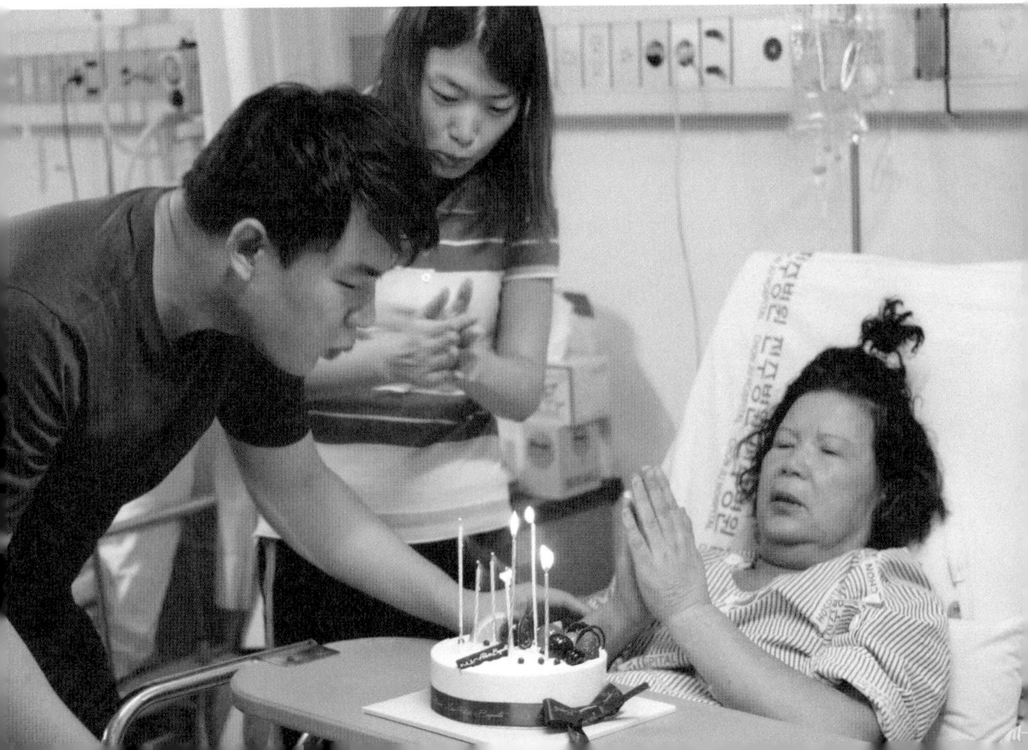

어느 봄날의 대화

_ 2013년 3월 9일 민경량

친구사이

_ 2014년 8월 15일 민경량

아버지와 아들

아버지와 아들이 손잡고 갑니다.
뒤이어 며느리와 어머니는 손 놓고 갑니다.
손잡고 가는 아버지와 아들을 보면서 어머니와도 손을 잡고 가야 할 것 같은데 선뜻 용기가 나지를 않습니다.

어릴 때 부모님과 손잡고 가거나 포옹을 한 경험이 없던 저는 가족과의 이런 스킨쉽조차도 용기가 필요합니다. 꼭 시어머니가 아니더라도 친정어머니에게도 손 잡고 가기가 참 어렵습니다. 지금 생각해보니 어렸을 때부터 잡고 이렇게 걸은 적이 한번도 없었던 것 같네요…

그래서 손 잡는 것이 어렵나봅니다.

'날도 더운데 어색하게 손잡고 가는 게 불편하실지 몰라~'

이런 저런 합리화로 머릿속은 바쁜데 남편은 본인이 먼저 손을 내밀어 아버님과 같이 가고 있습니다. 손 잡고 가는 두 명을 바라보며 마음 속은 어찌해야 하나 분주하게 생각하는 사이 외식하러 온 식당에 가까워집니다.

'에잇! 이런 어색한 분위기도 싫고 둘의 모습은 보기 좋아보이니 사진이나 찍자! !!'

이렇게 사진을 찍으며 어색한 분위기를 피해봅니다.

_ 2014년 8월 16일 박월선

고등부
특목고
242-8123
수원시 가
지정한
착한가격
춘향골
추어탕
8,000
5,000
국내산만 취급합니다
아름다운 벧엘교회
241-1028
춘향골 추어탕
T.216-4040

시간이 흘러도 변치 않는 사랑

70년이 넘은 세월이 내려앉은 구부정한 아버지의 등…

이렇게라도 아버지의 등을 볼 수 있어서 얼마나 다행인지…

세월 가면 그 마음을 어찌 잊을까 그토록 사랑했던 마음을^^

_ 2013년 1월 17일 정해경

기도

2014년 10월 16일 박웅희

함께 쓰는 사진일기

참여 작가 | 김동규(프론), 김민철(pastel6151), 김성동(이륜고양이), 김여주(서어나무), 김영필(공팔이), 김정희(돌고래), 김혜림(해피페이스), 민경량(안젤라짱), 민무기(장유), 박상철(흑영), 박월선(달선생), 박웅희(굿맨), 백진욱(카라반), 변성진(와픽), 신락선(sunshine), 송나(미소), 오경숙(하얀길), 오정미(토마토), 임동숙(그렇다면), 리진(leejin), 이영희(나무야), 이정희(사월), 이충근(Amigo), 장신(이연), 장정송(설레임), 정해경(작은천국), 조성수(Doulos), 최성원(낭만가호), 최혜숙(sadhana), 황영민(풀잎소리)

엮은이 | 임동숙

초판 1쇄 펴낸날 | 2014.12.15
펴낸곳 | 도서출판 도솔
펴낸이 | 최정환
등록번호 | 제1-867호
등록일자 | 1989년 1월 17일
주소 | 121-839 서울시 마포구 양화로7길 84
전화 | 02-335-5755 **팩스** | 02-335-6069
이메일 | dosolbooks@naver.com

ISBNISBN 978-89-7220-243-1 03810